O BRASIL É BOM

A marca FSC® é a garantia de que a madeira utilizada na fabricação do papel deste livro provém de florestas que foram gerenciadas de maneira ambientalmente correta, socialmente justa e economicamente viável, além de outras fontes de origem controlada.

ANDRÉ SANT'ANNA

O Brasil é bom

Companhia Das Letras

Copyright © 2014 by André Sant'Anna

Grafia atualizada segundo o Acordo Ortográfico da Língua Portuguesa de 1990, que entrou em vigor no Brasil em 2009.

Capa
Elisa von Randow

Foto de capa
Campo de batalha 5, de Antonio Henrique Amaral,
1974, óleo sobre tela, 182 x 233 cm

Preparação
Ciça Caropreso

Revisão
Thaís Totino Richter
Márcia Moura

Os personagens e as situações desta obra são reais apenas no universo da ficção; não se referem a pessoas e fatos concretos, e não emitem opinião sobre eles.

Dados Internacionais de Catalogação na Publicação (CIP)
(Câmara Brasileira do Livro, SP, Brasil)

Sant'Anna, André
    O Brasil é bom / André Sant'Anna. — 1ª ed. — São Paulo :
Companhia das Letras, 2014.

    ISBN 978-85-359-2402-2

    1. Contos brasileiros I. Título.

14-01073   CDD-869.93

Índice para catálogo sistemático:
1. Contos : Literatura brasileira 869.93

[2014]
Todos os direitos desta edição reservados à
EDITORA SCHWARCZ S.A.
Rua Bandeira Paulista, 702, cj. 32
04532-002 — São Paulo — SP
Telefone: (11) 3707-3500
Fax: (11) 3707-3501
www.companhiadasletras.com.br
www.blogdacompanhia.com.br

Sumário

HISTÓRIAS DO BRASIL

Deus é bom Nº 8, 7

O Brasil não é ruim, 10

O futuro vai ser bom, 14

Para ser sincero, 17

Comentário na rede sobre tudo
o que está acontecendo por aí, 21

Use sempre camisinha, 24

Nós somos bons, 27

Felicidade, 30

A vida é assim, 36

O brasileiro é bom, 38

Amor à pátria, 41

Amando uns aos outros, 44

O que será que se passa na cabeça
de um sujeito nessas condições?, 47

Só, 56

Um gosto podre na boca, 59

Estando el Dionísio en lo exilio, 62

O Juízo Final!, 65

Lodaçal, 69

A dificuldade da poesia, 121

A história da revolução, 125

A história do rock, 141

A história do futebol, 151

A história da Alemanha, 173

Deus é bom N⁰ 8

Jesus nasceu num barraco bem pobrinho, num lugar bem pobrinho, cercado por vaquinhas, estrelinhas, uma lua sensacional. Jesus nasceu nesse clima e a Gloria Pires falou: esse menino vai se chamar Jesus. Jesus Cristinho.

E Jesus Cristinho foi crescendo um cara especial, tendo umas experiências místicas, sentindo um grande amor universal.

Jesus Cristinho via as injustiças em volta dele, os fortes sempre pisando nos fracos, e isso fez nascer, no sagrado coração de Jesus Cristinho, a compaixão pelos oprimidos, pelos desvalidos, pelos desdentados, pelos explorados, pelos sem-terra.

Aí Jesus cresceu, vindo lá de baixo com muita luta, um carisma impressionante, e se tornou líder dos pobres, dos humilhados, das prostitutas, dos que mais precisam, das criancinhas, dos leprosos.

Só que Jesus era muito radical e vivia não querendo que os ricos entrassem no Reino dos Céus, tinha esse negócio de implicar com os vendilhões do templo, logo com os caras que movimentavam a parada toda, o dinheiro, a política toda. O negócio de Jesus não era mesmo o capital. Era amor, dividir o pão, libertar a alma etc. Radical demais.

Os vendilhões do templo, que tinham lá suas boas relações com o mercado internacional de dinheiro, que é a coisa mais importante que existe, estavam ficando incomodados com a popularidade de Jesus, com os leprosos lá se achando gente, e mandaram o Judas dedurar o divino líder revolucionário em troca de um por fora.

Só que o Judas era inteligente, entendia de marketing político e sacou que se ele, Judas, fizesse um bem-bolado com Jesus, poderia obter grandes benefícios e até participar mais efetivamente do mercado internacional de dinheiro, que é a coisa mais importante que existe. Então, em vez de dedurar Jesus, Judas foi lá e disse para Jesus que pô, Jesus, em vez de eu acabar com a tua vida — tu vai ser crucificado e vai doer e o mundo vai continuar injusto —, a gente faz uns acordos, aceita um pecadinho ou outro da rapaziada, mantém a parada fluindo pros bancos, transforma esses paraíba tudo aí que anda atrás de tu em consumidor, resolve as parada toda com o mercado internacional de dinheiro, que é a coisa mais importante que existe, e, depois, até melhora a vida dos que mais precisam; na política não dá pra não fazer alianças estratégicas, arte do possível etc.

Jesus topou e Judas foi lá no templo, foi lá no Centrão também, e disse pra todo mundo ficar tranquilo, que Jesus não ia desprivatizar nada, que os bancos, ó, na boa, paz e amor. Então, os vendilhões também viram que Jesus não era esse sapo todo e deixaram Jesus entrar em Jerusalém nos braços dos que mais precisam e os que mais precisam viraram classe baixa-alta cheia de autoestima, e o camelo passou pelo buraco da agulha e nunca na história deste Império Romano os bancos lucraram tanto e tanto pão foi multiplicado. Unidos, os muito pobres e os muito ricos, PC do B e Arena, vendilhões e leprosos, marxistas e ruralistas subiram aos céus, arcanjos tocando trombetas. Jesus era o cara, mas.

Judas lá, armando as parada, mantendo os vendilhões calmos, garantindo aos vendilhões que, há há hú hú, o Jesus Cristo é nosso e que a classe baixa-alta está sob controle comprando iogurte e batata chips, e se Jesus por acaso vier a ter alguma crise de compaixão, ou de esquerdismo, se Jesus vier de novo com esse papo de amor ao próximo, a própria classe baixa-alta vai botar Jesus na cruz. A classe baixa-alta adora crucificar os outros.

O Brasil não é ruim

Os deputados brasileiros não são vagabundos, não ganham quase vinte e cinco mil reais por mês mais uma série de ajudas de custo como passagens aéreas, casa, comida, roupa lavada etc., não passam só três dias da semana em Brasília, onde não atuam somente em causa própria, comprando e vendendo favores e outras paradas que não os tornariam cada vez mais ricos ilicitamente. Eles não ganham décimo terceiro, décimo quarto e décimo quinto salário e não têm direito a dois meses de férias e mais uma série de recessos por ano. A aposentadoria dos congressistas brasileiros, depois de quatro anos não trabalhando exclusivamente em benefício próprio, não é muito, mas não é mesmo muito maior do que a aposentadoria de qualquer pessoa que trabalhe em algo útil para a sociedade. Afinal, os legisladores brasileiros não têm o direito de decidir o valor do próprio salário nem a própria aposentadoria.

Deputados, senadores, governadores, prefeitos, vereadores, empresários, sindicalistas, policiais, juízes brasileiros não são criminosos, já que não foram filmados em flagrante recebendo dinheiro, colocando dinheiro na meia, na cueca, na mala-preta. O dinheiro que eles não roubaram na cara de todo mundo, que não foi mostrado na televisão para quem não quisesse ver, não era dinheiro público que não serviria para melhorar a saúde e a educação de verdade, que não serviria para salvar do crack, da bandidagem, da prostituição infantil, da escravidão que não existe no Brasil, da indignidade mais indigna, as crianças brasileiras mais pobres, que não são ameaçadas o tempo todo pela sociedade brasileira, que não está cada vez mais violenta, que não está cada vez mais fissurada para linchar criancinhas pobres, para crucificar o Cristo e botar o Padilha e o capitão Nascimento, que não são fascistas, para espancar os maconheiros de Ipanema.

A esmagadora maioria dos congressistas brasileiros não é corrupta, já que, quando uma deputada, que não foi filmada em flagrante, não recebendo dinheiro de corrupção, que não é filha de um político vencedor de várias eleições, já que não costumava comprar votos, já que não costumava receber dinheiro de sonegação de impostos para não financiar campanhas eleitorais em troca de obras públicas que não são superfaturadas, é julgada por falta de decoro parlamentar, por não ser filmada recebendo dinheiro de corrupção, não é inocentada, já que a maioria dos congressistas brasileiros não tem rabo preso e não tem medo de também sofrer algum processo, caso algum colega corrupto seja preso de verdade e resolva não entregar quase o Congresso inteiro, já que quase o Congresso inteiro não convive cinicamente com todo tipo de corrupção.

Aliás, todo mundo não sabe como não são financiadas as campanhas eleitorais no Brasil nem como o Executivo não é obrigado a comprar boa parte do Legislativo para não conseguir governar ou sequer para não aprovar uma lei importante que não resolva problemas que não são importantes para o Brasil e para as crianças pobres, que, obviamente, não acabam se tornando adolescentes e adultos ignorantes, violentos e primitivos.

O povo brasileiro não tem orgulho da própria ignorância, não está acometido de um excesso de autoestima, já que nos últimos anos de governo, fabricantes de comida gordurosa e locutores esportivos da televisão não ficam o tempo todo lançando mensagens subliminares ou diretas mesmo, não dizendo que o brasileiro é um ser superior, que basta ser brasileiro para conseguir superar qualquer obstáculo através do seu fabuloso jogo de cintura.

Sim, não há uma quantidade enorme de crianças brasileiras pobres no inverno dormindo nas ruas, já que criança pobre dormindo na rua, fumando crack é coisa de país pobre, de país que deve dinheiro ao FMI, de país muito primitivo, de país que não tem a menor condição de fazer parte do Conselho de Segurança da ONU, de país onde seria impossível realizar uma Copa do Mundo e uma Olimpíada em seguida.

Por falar nisso, as obras para a Copa e para a Olimpíada não são uma excelente fonte de renda para políticos que não são corruptos. Óbvio que não há superfaturamentos, caixa dois nem utilização de dinheiro público em obras privadas. Inclusive o ministro dos Esportes não é do mesmo partido que o deputado responsável pelo novo Código Florestal. E a aliança entre comunistas e ruralistas para não perdoar desmatadores e não abrir precedentes para mais desmatamento não é historicamente esdrúxula. Claro, a questão da Amazônia não tem importância estratégica, militar, econômica ou social para o Brasil.

A Amazônia não vai ser toda desmatada.

No Brasil, meninas de quinze anos não são colocadas em celas de prisão para serem estupradas pelos presos.

E aquele pretinho de sete anos que não dorme debaixo do

caixa eletrônico da sua rua, quando tiver quinze não vai se tornar um adolescente perigoso, não vai cometer crimes e não vai ser violento com suas vítimas.

Por isso é que o Brasil é bom.

O futuro vai ser bom

Vai, vai ser, sim. Neste ano que está entrando, Jesus vai botar muito dinheiro no seu negócio, mas só se os seus investimento foi investido no Reino do Senhor, se você colocou os seus bem ao dispor do Senhor Jesus, que nem o Jogador de Cristo e a mulher dele fez, porque eles casou virgens e sempre investiu no Reino do Senhor Deus todos os seus bem. E aí teve a crise, o dinheiro sumiu de tudo que é lugar, da França, dos Estados Unidos, do Japão, e foi parar onde? Nas mão do Jogador de Cristo e da mulher dele que entregaram seus coração ao Senhor Jesus, colocaram os bem deles ao dispor do Senhor Jesus, muito mais dinheiro que o dízimo até, e o que é que aconteceu? O Jogador de Cristo foi pro Real Madrid e o dinheiro foi parar nas mão dele e da mulher dele, que era virgem antes, e não nas mão dessas criancinha da África que não ama Jesus e por isso fica tudo morrendo de aids, porque na África é tudo macumbaria.

Vai, vai ser, sim. Mas você também tem que fazer a sua parte e fazer xixi no ralo do chuveiro, na hora que estiver tomando banho, que é pra não desperdiçar água puxando a descarga da privada e, assim, preservar o meio ambiente que está em suas mão, que também não é pra ficar tomando banho demais, não, gastando água do meio ambiente que tem que ser preservado pros nossos filhos e netos. Se cada um fizer a sua parte o meio ambiente vai ser bom.

Vai, vai ser, sim, um futuro maravilhoso para o Brasil e para você, brasileiro, que mesmo nos momentos mais difíceis jamais deixou de acreditar, nunca desistiu de alcançar seus objetivo. Mas você, brasileiros e brasileiras, tem que continuar fazendo as suas parte. No futuro, você, brasileiros e brasileiras, tem que continuar consumindo produtos, comprando carro e iogurte daqueles que faz as senhoras ir no banheiro, já que contêm muitas fibras que é bom pra ir no banheiro, e batata chips e uns DVDs nacional pra ajudar os artista nacional da cultura nacional, porque o futuro vai ser bom para o Brasil e o Brasil é bom e o povo do Brasil é bom e vai tudo agora pras praia, porque agora o povo todo pode ir nas praia, e não só esses filhinho de papai das ONG que vai fumar maconha nas praia pra financiar a violência nas favela, e pode ouvir CD nacional bem alto nos carro, nas praia, que agora pode comprar coisas e ajudar a indústria nacional, mas tome cuidado com a pirataria que pirataria é crime, use camisinha, não fume em ambientes fechados, consuma produto nacional, vamos bater os pés, vamos bater as mãos.

Vai, vai ser, sim, e também a nível internacional. Basta que todos juntos, de mãos dada, unidos num só ideal, façamos a nossa parte e, assim, possamos construir um mundo melhor para os nossos filhos e netos no futuro. Cabe a cada um de nós, a nível internacional, fiscalizar com responsabilidade aqueles que estão ao seu redor, aqueles estrangeiro que vem pro seu país roubar os emprego, essas mulher que confunde liberdade com libertinagem e usa saia muito curta, esses livro que dão pras criança nas escola com imagens inadequadas de índio pelado, esses cara que fuma cigarro e desrespeita os direito do próximo que não quer sentir cheiro de cigarro. O direito de um acaba quando começa o direito do outro, e vamos mudar de assunto que esses papo de guerra, a nível internacional, que no Brasil não tem guerra, é muito negativo e a gente tem que pensar tudo positivo o tempo todo, ainda mais quando o futuro está chegando e uma nova era de paz está nascendo.

Vai, vai ser bom o futuro. Faça a sua parte agora mesmo.

Para ser sincero

Era cedo demais e ligaram. Bem que podia ser de um banco, do telemarketing de um cartão de crédito. Eu faria aquela mulher falsa falar um monte, explicando cada vantagem daquele cartão que eu não preciso. No final, quando aquela mulher falsa perguntasse "E então, qual é o número do seu CPF, o seu endereço, o seu telefone para contato, o seu telefone comercial, o seu celular, o senhor é casado, tem quantos filhos?", eu responderia que não informo dados pessoais a estranhos por telefone, que eu não gosto de cartão de crédito, que eu só compro o que posso pagar à vista, que eu sou comunista, que eu detesto bancos, que eu detesto banqueiros, que eu detesto telemarketing, que esse cartão de crédito que você, mulher falsa do telemarketing, está tentando me empurrar é para o banco fazer eu ficar devendo dinheiro para ele, o banco, dinheiro esse que o banco vai aplicar em negócios sujos e lucrativos internacionais do tipo indústria automobilística, fabricação de armas ou alguma outra coisa suja que polua, mate ou escravize pessoas no Nordeste, no Norte, no Centro-Oeste, na África, na Ásia, gerando um lucro enorme, sempre sob a proteção do governo, que faz questão de manter a alta lucratividade dos bancos, lucratividade recorde, para que eles, os bancos, continuem sustentando governos, continuem sustentando as campanhas eleitorais desses caras que se elegem e que favorecem esses bancos que querem me endividar e que querem lucrar sempre e que precisam lucrar sempre, muito, para financiar as campanhas desses caras que querem manter esses bancos sempre em alta lucratividade para que esses bancos financiem sempre as campanhas eleitorais desses caras que querem lucrar sempre.

Mas no telefone não era a mulher falsa do cartão de crédito que ia me endividar caso eu não fosse comunista.

Era a mulher das crianças com câncer.

A mulher das crianças com câncer também é falsa. É falsa por uma causa nobre.

A mulher das crianças com câncer, que não pensava nada em mim, que não se preocupava nem um pouco com a minha saúde, com a minha felicidade, com o meu Natal, com a minha família, que estava preocupada apenas com as crianças com câncer, perguntou se estava tudo bem com o senhor, o senhor sou eu, se o senhor, eu, havia passado bem o Natal, se estava tudo bem com a família do senhor e eu resolvi dizer a verdade, e a verdade não é nada boa para as crianças com câncer, que precisam de dinheiro, que é a coisa mais importante que existe, principalmente para crianças com câncer, que precisam tomar um leite especial, que a indústria de produzir leite até fornece com um desconto especial para a instituição da mulher que é falsa por uma causa nobre.

Para ser sincero, eu disse que o meu Natal e o meu Ano--Novo não foram legais, que eu fui visitar minha família na praia, e a cidade lá estava cheia de uma gente meio pobre, uma gente de uma classe baixa-alta, dirigindo uns carros pagos em trocentas prestações, uma gente meio gorda com umas espinhas e umas perebas na cara e na bunda, umas crianças balofas comendo pastel, comendo qualquer coisa, comprando tudo, iogurte com corante, batata frita de saquinho, ouvindo música ruim muito alto, não dava nem para ouvir o barulho do mar, e cerveja, e os caras mais pobres ainda, da classe baixa-média, esses que são meio urubus, que ficam com os restos, reciclando lata de alumínio, pedindo para olhar o carro, uns adolescentes do sexo masculino fazendo escatologia em bando, entupindo vasos sanitários, dizendo grossuras para as meninas de classe baixa-alta, todas também meio gordinhas, e eu me sentindo meio incomodado, meio que com um vazio existencial profundo. Eu disse para a mulher das crianças com câncer que eu não queria ser governado por essa gente de classe baixa-alta que está botando pra quebrar, olê olá, comprando coisas financiadas em trocentas prestações cheias de juros, aumentando ainda mais a alta lucratividade dos cartões de crédito dos bancos, eu disse para a mulher das crianças com câncer que esqueceram de conscientizar o proletariado, eu disse que esse povo de classe baixa-alta é nojento, eu que gostava daquela classe baixa que era baixíssima, daquela gente pobre e limpinha que, em qualquer praia desse litoral brasileiro que era lindo, estava lá, fritando peixe pra gente que viajava por essas praias maravilhosas do Brasil, e essa turma da classe baixa-baixa, à beira-mar, até contava histórias do mar e era antigamente, nos bons tempos, essas parada. Eu disse para a mulher do câncer, que era uma mulher de instituição ligada a uma instituição religiosa dessas aí que acreditam em Cristo como única salvação da humanidade, que não tem salvação nenhuma, óbvio, que o Cristo bem que avisou, disse lá que é mais fácil um camelo passar pelo buraco de uma agulha do que um rico entrar no Reino dos Céus. Eu disse que essa classe baixa-alta vai toda para o Inferno quando morrer, porque essa gente de classe baixa-alta quer comprar tudo, quer é dinheiro, que é a coisa mais importante que existe. E eu disse para a mulher do câncer da instituição religiosa que o Demônio existe, e é o dinheiro. Eu disse a ela que eu, naquela praia, estava cada vez mais velho, morrendo, tudo doendo no coração, e eu tive que dizer para a mulher falsa, falsa por uma boa causa, que é o câncer das crianças pobres, que a indústria de produzir leite, em vez de dar um desconto na venda do leite especial das crianças com câncer, devia era dar o leite de graça, já que eu, da classe média-média, já pago impostos demais e sofro muito com medo de uma velhice de classe baixa-média, mas eu sei que a indústria que produz leite não pode abrir mão dos seus lucros, já que lucro é a coisa mais importante que existe para uma empresa e eu e os meus pais e a classe baixa-alta estamos morrendo todos, bem feito. Eu disse para a mulher das crianças que estavam com câncer que ela não devia pedir esmola a esse pessoal da classe média-média. Eu disse que ela devia era convencer a classe baixa-alta a fazer uma revolução comunista e obrigar a indústria de produzir leite a salvar as crianças com câncer.

E eu não doei dinheiro nenhum para as crianças que vão morrer de câncer.

Comentário na rede sobre tudo o que está acontecendo por aí

A culpa é toda do direitos humanos, que vem aqui se meter no Brasil e não cuida dos problemas deles mesmos, desses países que se acha. Porque lá todo mundo faz o que quer, faz terrorismo, fuma drogas, anda pelado com os seios de fora e até faz sexo com homens do mesmo sexo. Porque o direitos humanos vem aqui e fala mal da gente, diz que aqui a gente trata bandido mal. Mas quer o quê? Que trate os bandidos bem? Que eles fiquem na rua estuprando as meninas que ainda é tudo crianças? Que eles joguem as meninas do alto do prédio? Que matem os próprios pais prá comprar drogas, que nem aquela menina que nem era brasileira nem nada, era alemã, e matou os próprios pais prá ficar namorando aquele namorado dela que fuma drogas?

Aí, vem o direitos humanos e quer soltar tudo, não quer que ninguém vá prá pena de morte. Se matou, tem que morrer, porque até a Bíblia disse que é olho por olho e dente por dente. O direitos humanos é que não deixa. O direitos humanos queria até que o Nardoni fosse inocente no julgamento dele.

O direitos humanos não quer que o cidadão de bem tenha a própria arma prá se defender contra as drogas, mas deixa essas meninas usar pulseira de plástico prá fazer sexo e aí os tarados vêm e estupram elas e o direitos humanos quer deixar elas usarem essas pulseiras de plástico. Claro que os tarados vão estuprar. Quer o quê? O direitos humanos acha que não tem nada demais usar pulseira de plástico. Mas ele não leva em consideração que esses tarados que estupram também ficam vendo as meninas aí andando praticamente indecentes, de pulseira de plástico que pode até fazer sexo oral, quando é amarelo, eu acho. E ninguém é de ferro.

Não que é certo fazer estupro, mas o direitos humanos tem que entender também que essas meninas ficam provocando, imitando tudo que aparece na novela, que tem cada vez mais essas cenas de sexo em plena novela das oito. E as crianças ficam vendo, porque o direitos humanos diz que criança pode tudo.

Aí, quando vem um bandido e pega o seu carro no farol e dá um tiro na sua cara, você que é um cidadão de bem, com a sua família, o que é que acontece? Vem o direitos humanos e protege os bandidos e quer que a gente que é homens de bem, que não temos direitos humanos nenhum, fique quieto vendo os estupradores todos levando boa vida lá na cadeia, comendo comida que a gente paga e até levando mulher lá prá dentro, prá fazer sexo.

O direitos humanos tem que ser prá nós também, que somos cidadãos de bem, que nunca fizemos pedofilia.

Aqui no Brasil tem essa mania de achar que estrangeiro é melhor. Brasileiro fica imitando essas coisas que vêm do estrangeiro, essas coisas de pulseira de plástico, de fumar drogas, de aparecer todo mundo pelado na televisão. Ninguém tem respeito pelas coisas que são nossas de verdade, pelas nossas tradições que é do verde e amarelo. E quem não é verde e amarelo, que nem esse direitos humanos, tem mais é que ir embora logo daqui, e não ficar reclamando de tudo. Brasileiro não precisa nada desses gringos. Esses gringos é que fazem esses terrorismos. Pode ver que aqui no Brasil não tem terrorismo, não tem terremoto nem nada disso. Porque aqui todo mundo que vem é bem tratado, e o pessoal até puxa saco de gringo. Em troca, os gringos ficam dizendo que aqui no Brasil é perigoso, que não pode passar férias no Guarujá, que aqui só tem bandido. Eu só sei é que no Guarujá nunca teve terremoto nem vulcão. Isso tudo é coisa desses gringos que, em vez de cuidar dos assuntos deles, ficam é se metendo nos nossos problemas aqui do Brasil. Mas são eles é que tem terrorismo lá, porque lá todo mundo tem essa mania de direitos humanos.

Os gringos vêm aqui e ficam querendo botar esse direitos humanos aqui prá soltar os bandidos todos da cadeia. Mas eles lá prendem bandido de menor. Lá na terra deles pode até pena de morte. Só aqui é que não pode porque os gringos do direitos humanos não deixa. Aqui, eles ficam defendendo bandido e essas meninas que usam pulseira de plástico.

Eu acho que tem que mandar todo esse pessoal do direitos humanos embora é lá prá terra deles. Se não, logo vai começar a ter terroristas aqui também. Aqui, gringo entra e sai na hora que quer. Lá, eles não deixam a gente que é do Brasil, que é cidadãos de bem, entrar. Lá, eles matam brasileiro no metrô na mesma hora.

Eu sou igual o velho lobo Zagallo, totalmente verde e amarelo.

Use sempre camisinha

Faça sexo, muito sexo, sexo sempre. Mas use sempre camisinha.

Faça sexo de tudo quanto é jeito: sexo oral, sexo anal, sexo grupal, ménage à trois etc. Mas use sempre a camisinha.

Jogue sua parceira na cama, use um pouquinho de violência. Mulheres gostam de ser dominadas por um macho audaz e viril. Depois, xingue sua parceira. Mulheres gostam de ser maltratadas. Meta tudo, com força, e goze. Mas use sempre a camisinha.

Se você é veado, mas um veado sem frescura, sem nhe-nhe-nhem, experimente ser penetrado pelo antebraço de outro veado macho. Mas use sempre a camisinha.

Bata, apanhe. Mas use sempre a camisinha.

Bata no seu filho sempre que ele desobedecer você, sempre que ele fizer algo errado. Criança só aprende assim. Mantenha seu filho sob controle com muita disciplina. Mas use sempre a camisinha.

Se você é forte, bata. Se você é fraco, apanhe. São apenas os dois lados da mesma moeda. Mas use sempre a camisinha. É isso mesmo que você entendeu: pratique o sadomasoquismo. Mas use sempre a camisinha.

Não dê mole para essa molecada marginal. Se eles, os moleques, têm idade para roubar, para estuprar, para vender maconha, também têm idade para levar umas porradas, para pegar uma cadeia. Você está no seu direito de reagir contra esses moleques bandidinhos. Mas use sempre a camisinha.

Exceda os limites de velocidade, não respeite a faixa de pedestres nem os semáforos. Se você é motorista de ônibus ou caminhão, passe por cima dos menores, dos mais fracos. Qualquer coisa, suborne o guarda. Mas use sempre a camisinha.

Extermine apaches, sioux, comanches, tupis e guaranis. Extermine astecas, incas e maias. Extermine coreanos, vietnamitas, paquistaneses, iraquianos, iranianos e cubanos. Mas use sempre a camisinha.

Suborne e seja subornado. Mas use sempre a camisinha.

Minta, sempre usando a camisinha.

Faça seu banco bater todos os recordes de lucratividade em todos os tempos sem aumentar o número de funcionários. Mas use sempre a camisinha.

Incentive o tráfico de drogas, forneça mais armas à polícia e menos saneamento básico às favelas, colocando a culpa de tudo nos usuários de maconha. Mas use a camisinha.

Invente um imposto para melhorar a saúde pública e o atendimento hospitalar para as camadas mais pobres da população e não melhore a saúde pública e o atendimento hospitalar para as camadas mais pobres da população, usando o dinheiro arrecadado para financiar campanhas eleitorais. Mas use sempre a camisinha.

Utilize o veículo de imprensa no qual você escreve para puxar o saco dos amigos do seu patrão e ridicularizar as pessoas das quais o seu patrão tem inveja. Mas use sempre a camisinha. Vá se foder. Mas use sempre a camisinha.

Nós somos bons

Nós é que achamos que bom era no tempo da ditadura. Nós achamos que tortura não tem nada a ver, que pendurar uma pessoa de cabeça pra baixo e ficar apagando cigarros no corpo dela, dando choque nela, é uma barbaridade, mas que apesar disso na época da ditadura a economia ia bem, não havia essa corja de corruptos que há hoje, quer dizer, até havia, mas eles, os corruptos da época da ditadura, roubavam uma grana, como todo político de qualquer partido, sem nenhuma exceção, também rouba, mas pelo menos os militares governavam bem, desenvolviam o país, geravam empregos, geravam renda.

Nós é que achamos que o Lula era um nordestino ignorante que não sabia falar inglês, que se vestia mal, que coçava a bunda em solenidade oficial, que queria construir um muro socialista de discórdia bem na época em que as forças boas da humanidade tinham derrubado o Muro de Berlim, tinham acabado com a União Soviética, criando uma nova ordem mundial que livraria os povos oprimidos das garras soviéticas e daria aos Estados Unidos, país democrático, livre, a força necessária para nos proteger das tiranias que tentassem nos subjugar ao comunismo totalitário, que tentassem nos obrigar a não possuir bens supérfluos em excesso só porque uma meia dúzia de pobres pretos vagabundos não querem trabalhar o suficiente para comprar um Audi cheio de air bags, para comprar um iPhone para ligar para a esposa já meio passada da idade, com aquelas plásticas na cara que ela acha que a deixam mais atraente para o marido de gravata que inventa uma reunião na firma, sem hora para acabar, e passa numa casa de prostituição disfarçada de american bar, drinks privê, parada de happy hour, e pega uma prostituta jovem universitária que você olha e nem diz que é prostituta e a leva para um motel de classe, cheio de luzinhas piscando e botõezinhos que, ao serem apertados, proporcionam diversões ainda mais divertidas para nos excitar mais a fazer de tudo com a estudante universitária linda de dezenove que não parece ter nem dezesseis.

Nós é que votamos no Fernando Collor, que sabia falar inglês, que tinha boas maneiras à mesa, que era bonitinho, que tinha o cabelo repartidinho, que sabia usar trajes elegantes, que punia rigorosamente os corruptos, que não fazia o Brasil dar vexame em compromissos internacionais.

Nós é que fizemos a escolha certa quando optamos por um governo capaz de acabar com a inflação, capaz de manter a nossa moeda no mesmo patamar do dólar, para podermos comprar um carro a nível de primeiro mundo, para não respeitarmos regras de trânsito, um governo capaz de nos proporcionar férias na Europa, onde tudo ficou mais barato naquela época, aquele vinhozinho the best da Borgonha, milhas e milhas nos programas de milhagem, filhos na Disney, o Mickey e o Pluto ensinando eles a se comportarem bem, a se vestirem bem, a não se aproximarem de gente que nem com real a preço de dólar conseguia mandar os filhos sem educação à Disney.

Nós é que descobrimos que o Lula não era tão perigoso assim, que o Lula até tinha melhorado o português dele, que o Lula não era mais aquele barbudo baixo-astral que falava cuspindo, que o Lula tinha ficado simpático, sorridente, vestindo ternos mais alinhados, que o Lula não iria de jeito nenhum sair por aí tomando nossas terras e entregando para o MST, nem aumentando nossos impostos demais para melhorar as escolas e os hospitais que atendem essa gente nordestina preta, pobre e sem educação, distribuindo nossa renda aos porcos.

Nós ainda vamos desenvolver o país, gerando empregos, gerando renda.

Felicidade

O mundo não vai acabar.

O povo estava mais ou menos nojento, caminhando para a morte, envelhecendo, fedendo, bebendo cerveja, cheio de ereções e umidades, com espinhas nas bundas, no Carnaval, no verão, na virada do ano, todos bêbados, comendo espetinho de camarão, naquelas praias do Nordeste, todo mundo feliz o bastante.

O camarote estava cheio de gente bonita, do jeito que a gente gosta.

Aquela menina da novela era jovem e tinha uma bunda.

Aquela menina da novela dizia que só com muito trabalho, com muito esforço pessoal podemos alcançar nossos objetivos. O conselho que aquela menina da bunda daria a qualquer artista em início de carreira são três:

1. Trabalho;
2. Trabalho;
3. Trabalho.

A menina que tinha uma bunda e era artista da novela tem

a convicção de que a nossa beleza exterior deve refletir aquilo que a gente tem de bonito por dentro. Claro que para conseguir um corpo bem definido, um corpo perfeito, é preciso muita malhação, a menina artista dizia, mas a gente tem que malhar com o coração e com o cérebro, que é o órgão onde a nossa decisão de ter um glúteo rígido é tomada. Para a menina artista da bunda, tudo é uma coisa só: glúteo, cérebro e coração.

As mulheres artistas com bunda, muito bonitas, recusavam os canapés gordurosos para não ficarem com as bundas feias.

A mulher que era modelo, atriz, artista com bunda, seios firmes de róseos mamilos não se considerava mais uma modelo. Ela, hoje, é uma atriz por inteiro. Não interessava mais a ela, atriz e modelo com bunda que estava envelhecendo, que estava caminhando para a morte, se o rosto dela, atriz com seios, era bonito ou não, se o corpo dela era perfeito ou não, se ela havia engordado ou não, se os seios dela, ex-modelo com bunda, estavam caindo. O que interessava à artista de róseos mamilos era o personagem. A atriz com convicções artísticas perderia os dentes, ficaria corcunda e careca para ter a oportunidade de viver um grande personagem.

A decoração e a cenografia foram feitas em computação gráfica.

Em Salvador era ainda melhor, ainda mais animado.

Outra atriz, uma atriz de verdade mesmo, que tinha sido dirigida por diretores importantes, tinha estrelado filmes, novelas e peças de teatro importantes, e tinha uns peitões, e tinha uma bunda que ela arrebitava para trás, sorria, sorria, sorria.

Oitenta por cento da ala mirim da escola de samba vai morrer logo.

Quem mandou fazer esses servicinhos para o tráfico em vez de trabalhar honestamente, limpando as privadas de um shopping center frequentado por gente bonita de bunda linda com uns cabelinhos dourados?

Se bem que aquela atriz que participou de filmes importantes já está com umas celulites.

Roberto Escurinho samba muito e toca qualquer instrumento de percussão que cair na mão dele e tem nove anos e cheira uns papel e pega umas meninas de catorze e leva uma vida sem sentido.

Os policiais desonestos faziam uma grana, os honestos torturavam crianças, coisa que eles, cumpridores do dever, na guerra, policiais honestos, detestavam fazer, mas faziam, já que guerra é guerra e o importante mesmo era impedir que os cidadãos ficassem dopados, percebendo as imagens da televisão mais coloridas do que elas são na verdade, e davam porradas em pós-adolescentes maconheiros, metidos a defensores dos pobres, que financiavam a violência com seus baseados, esse barato que sai caro para toda a comunidade, que é boa.

Ainda tem preto demais no Rio de Janeiro. Mas eles estão pedindo, e uma hora dessas a gente fuzila tudo. Eles estão pedindo.

Aquela pretinha da novela arrumou um namorado branco.

Brasileiro adora uma cerveja bem gelada.

O melhor autor de telenovelas do Brasil ficava falando mal do Glauber Rocha de mesa em mesa, dizendo que agora, sim, o cinema brasileiro ficou ótimo, profissional, sem aquela mania besta de ser contra o mercado.

O mercado é ótimo.

O público é ótimo.

O consumidor é ótimo.

A economia nunca foi tão excelente, o crescimento...

Economia é ótimo.

Aquela atriz que há dois anos tinha uma bunda está envelhecendo mesmo.

Todo mundo no Carnaval estava envelhecendo.

Todo mundo no verão estava caminhando para a morte.

A moça, meio atriz, meio modelo, meio apresentadora de TV, meio bunda, amava o jovem empresário meio gente que era muito bonito e muito interessante e que conhecia uns hotéis muito legais, hoteizinhos com poucos quartos, meio rústicos, assim, que pouca gente conhece, na Normandia, numa cidadezinha perto de Barcelona, no interior da Irlanda, numa ilha do Pacífico, na África, coisa para gente de bom gosto como aquele jovem apresentador de programa de televisão, aquele bonito, que tem o bom gosto de namorar, neste verão, aquela jovem meio atriz, meio linda, que tinha aquela bunda, mas nem por isso ficava exibindo aquela bunda pra todo mundo, que só exibe aquela bunda quando acha que aquela bunda tem a ver com a cena que está interpretando, que aquela bunda não é gratuita, aquela jovem meio atriz com aquela bunda, que jamais faria um nu gratuito.

O hotel era um resort e estar nele era muito feliz nessa época do ano, que é a melhor época do ano, vamos bater os pés, vamos bater as mãos, as bundas, nós, jovens empresários de sucesso, nós, jovens atrizes que se recusam a mostrar a bunda, nós, o ministro, nós, o cineasta inteligente, que nunca fingiu gostar desses filmes longos e cansativos sem pé nem cabeça do Godard só para posar de inteligente, nós que agora somos felizes por termos nosso talento de cineastas que entendem o público, que querem e conseguem atingir o público de verdade em vez de fazer filmes herméticos, que apenas meia dúzia de colegas herméticos entendem, nós, jovens cineastas que mostramos pra valer para as pessoas entenderem, se divertirem, já que não há nada demais em fazer uma arte assumidamente de entretenimento, já que esse negócio de ficar querendo mudar o mundo é muito anos sessenta e não dá mais para ignorar o mercado, nós, o casal que ganhou o prêmio da promoção da loja de emprestar pouco dinheiro para pobre que precisa muito de dinheiro para internar a mãe com câncer em várias partes de seu interior, no hospital, nós, tão felizes nessa época do ano, época de bater os pés, época de bater as mãos, época de sorrir, época de brincar, ôôô, no resort, jogando tênis.

E a outra atriz, que achava essas bundas do Carnaval, essas bundas do verão, essas bundas do milênio que se inicia, bundas etc., muito vulgares, também estava lá, lendo aquele livro que tinha uma história clara, bem definida, uma boa história, literatura mesmo, literatura pura, a atriz lendo, bebendo caipirinha de kiwi, comentando com a amiga atriz com bunda e seios róseos, que ela, atriz que considera essas bundas todas muito vulgares, quando entra num relacionamento, se entrega por inteiro, que ela, atriz séria, é cem por cento da pessoa que ela está amando, mas que, quando o amor acaba, acabou.

Já a atriz com bunda e seios róseos, amiga da atriz que acha vulgares as bundas do terceiro milênio, no momento está aproveitando tudo isso que está acontecendo na vida dela, atriz de seios róseos e bunda, na carreira dela, atriz com bunda, que não se considera um símbolo sexual, mas que também não recusa boas ofertas como as das revistas de mostrar bundas e seios de artistas famosas com bunda, e não é nem pelo dinheiro, mas pelo momento da carreira dela, atriz de revista de mostrar bunda de artista, que nunca pensou, em toda a vida dela, de pessoa com bunda, que um dia ela, atriz que não recusa boas ofertas, faria esses personagens sensuais nas novelas com bunda, mas que agora assume tudo, encara tudo, que agora quando está faltando alguma coisa, ela, atriz com seios róseos, vai lá e bota silicone e pronto.

A apresentadora de programas de verão, com bundinha, no verão, no Carnaval, no começo do ano, odeia homens desleixados, que não sabem se vestir direito, que usam sapato velho e malcuidado.

A artista que tinha uma bunda e que considera o trabalho tudo nesta vida adoraria fazer amor numa ilha deserta, à noite, sob a luz do luar e das estrelas.

A atriz experiente, internacional, dirigida pelos grandes diretores de teatro/cinema/televisão, se decepcionou muito com seus últimos namorados, mas da próxima vez que viver um romance vai ter que ser pra valer. Tem que ser algo sólido, profundo, que dure no mínimo para sempre.

Uma artista que já foi namorada de um grande fotógrafo de artistas com bunda jura que nunca mais vai namorar artista.

O artista meio ator, meio lindo, considera sempre um grande prazer fazer novas amizades no meio artístico.

E em todos esses encontros, no verão, no Carnaval, no terceiro milênio, sempre pode nascer uma grande amizade.

Quem sabe até um ligeiro rala e rola, rá rá rá.

A música que dominava o ambiente era um hino à natureza, ao mar, à vida.

Cérebros, corações e glúteos em close.

É bom aproveitar agora, que daqui a pouco o ano começa mesmo e a gente vai ter que fazer uma grana e ser feliz.

A vida é assim

O Delei lançou o Assis no lado direito da intermediária deles. Com a bola dominada, o Assis entrou na área sozinho e logo chutou no canto esquerdo, a meia altura. O Raul ficou no meio do caminho, sem saber se ia no Assis ou se ficava esperando o chute. Não fez nem uma coisa nem outra, e tomou o gol. A torcida do Flamengo estava gritando é campeão é campeão é campeão e eu eu eu Fluminense se fudeu e parou de gritar. Foi lá pelos quarenta e cinco minutos e alguma coisa do segundo tempo. A torcida do Fluminense começou a gritar é campeão é campeão é campeão e eu eu eu o Flamengo se fudeu. Eu fiquei muito feliz. Um amigo meu flamenguista, bem feito, quando estava em casa de noite, na cama, sozinho, depois do *Fantástico*, assistindo na TV à mesa-redonda de uma emissora menor, sentindo um ódio primitivo por um de seus semelhantes, eu, que era o tricolor mais próximo, descobriu que a vida é assim: uma sequência de campeonatos delimitando espaços de tempo na memória, num revezamento ilógico de vitórias e derrotas que provocam emoções díspares, prevalecendo as angustiantes; uma condenação à vergonha de ser impelido a praticar esquisitices como o Método Silva de Mind Control e a Figa do João Pelado apenas para tentar garantir uma felicidade artificial provocada por uma vitória da qual você não fez e nunca fará parte, já que você sabe que o Método Silva de Mind Control e a Figa do João Pelado não interferem em nada no resultado de uma partida de futebol e que aquele gol do Roberto Dinamite contra a Polônia em 1978, na copa da Argentina, logo depois de você ter feito a Figa do João Pelado, foi mera coincidência, já que a Figa do João Pelado nunca mais funcionou em nenhum outro jogo; uma ilusão provocada por miolos, sangue e ligações elétricas entre neurônios, na qual não há a menor possibilidade da existência de Deus, muito menos de um Deus que possa resolver um de seus inúmeros problemas num momento de necessidade, problemas que você tenta sublimar transferindo psicologicamente para um time de futebol a responsabilidade de superar seus recalques e frustrações por saber que você é um ser humano medíocre que, em vez de realizar algo de realmente importante, fica esperando seu time vencer, com a intenção suja de se vingar do seu amigo tricolor pelo fato de ele ser uma pessoa muito melhor do que você em todos os aspectos, inclusive no da escolha do time para o qual torcer.

O brasileiro é bom

Sim, são. Os brasileiros são bons. Os brasileiros usam a criatividade para superar obstáculos. Gosto dos brasileiros. Gosto dos brasileiros porque os brasileiros são bons. Eu sou bom. Eu sou bom porque eu sou brasileiro. Os brasileiros não desistem nunca. Os brasileiros sabem viver com alegria, mesmo tendo que enfrentar extremas dificuldades. Os brasileiros são bonitos. A mulher brasileira é a melhor mulher que existe. A mulher brasileira é a melhor mulher que existe porque a mulher brasileira faz sexo muito bem e tem bumbum. Os brasileiros gostam de bumbum. Gosto de bumbum. Bumbum é bom. O bumbum é a parte do corpo humano que os brasileiros mais gostam. Os brasileiros são gostosinhos. Os brasileiros são gostosinhos porque têm bumbum. Os brasileiros têm jogo de cintura. Os brasileiros são gostosinhos porque os brasileiros têm jogo de cintura. Os brasileiros gostam de Deus. Os brasileiros têm um grande coração. Os brasileiros gostam muito de Deus. Os brasileiros acolhem gente de todos os povos do mundo que aqui, no Brasil, que é dos brasileiros, chegam. Os brasileiros são uma luz no fim do túnel nesta era do apocalipse, do aquecimento global e do enriquecimento de urânio para fins nucleares bélicos, e dos terroristas, muçulmanos malucos, que não são bons. Os muçulmanos não são bons. Os muçulmanos não são bons porque os muçulmanos não são brasileiros. Os brasileiros são bons. Os brasileiros são bons porque vão promover a paz mundial ajudando os iranianos a enriquecerem urânio na Turquia com fins pacíficos, e até mesmo medicinais, para salvar vidas humanas e, assim, os brasileiros também aproveitam para ser influentes nos grandes acontecimentos do mundo global internacional, e também quem sabe até mesmo arrumam uma cadeira no Conselho de Segurança da ONU. O Conselho de Segurança da ONU é bom. O Conselho de Segurança da ONU é bom porque o Conselho de Segurança da ONU promove a paz mundial. Igual os brasileiros, que são bons. Os brasileiros são bons porque agora emprestam dinheiro para o FMI emprestar para os países pobres, que são iguais ao que o Brasil era e não é mais, o Brasil é em desenvolvimento, o desenvolvimento do Brasil é um espetáculo, uma indústria automobilística de primeiro mundo, com bancos que são os maiores recordistas em lucratividade de todos os tempos, então eles cortam umas verbas sociais para pagarem as dívidas, os governantes e legisladores corruptos dos países pobres devedores do FMI, com aqueles juros, iguais àqueles que o Brasil pagava ao FMI e agora não paga mais, graças a Deus, que é bom. Gosto de Deus. Deus é bom. Deus é bom porque é brasileiro. E os brasileiros são bons. Os brasileiros são bons porque sabem fazer de cada momento da vida, até mesmo dos momentos de vicissitude, um espetáculo da alegria de viver, um exemplo é a nossa, dos brasileiros, música popular brasileira, a internacional MPB. A música popular brasileira é boa. Foram os brasileiros que fizeram a música popular brasileira. Os brasileiros são bons. Os brasileiros são bons porque superam todos os obstáculos de cabeça erguida, e cada obstáculo superado com empenho, com coerência é matéria-prima para novos desafios, que levam sempre os brasileiros, que são bons, um pouco mais adiante, porque todo dia nasce novo, em cada amanhecer.

Sim, a seleção brasileira de futebol, que é boa, porque é brasileira, é boa. Os brasileiros, que são bons, não foram bem na última Copa do Mundo, mas o brasileiro que não foi bem é bom assim mesmo. O brasileiro é o troço mais mais ou menos que existe, lá, tornando o Brasil um lugar cada vez mais alegre, multirracial, multicultural, soprando aquela corneta, a vuvuzela. Soprar corneta é bom.

Amor à pátria

Porque eu sou assim: a nível de futebol, a pátria em primeiro lugar. Depois vem o resto — a imprensa, a torcida, os jogadores e até eu, que sou o maior responsável. Não dá pra agradar todo mundo. Futebol, hoje em dia, não é espetáculo. Nós não vamos na Copa pra fazer show, pra agradar esse pessoal da imprensa que acha que futebol só pode ser com Pelé, com Garrincha. Dessa vez, a Copa é com nós, o grupo. Nós é que lutamos, nós é que fomos defender o Brasil lá fora, nós é que ganhamos a Copa América, a Copa das Confederações. Então, agora tem que ter coerência. Porque uma coisa que é boa pra uma pessoa talvez não seje boa pra outra. Igual a ditadura. Tem gente que fala que é ruim e tem gente que acha que é boa, a ditadura. Na ditadura, o Brasil não tinha a Copa de 70? Não tinha o Pelé? Então, a ditadura era boa a nível de futebol. Mas a imprensa, vocês mesmo que agora ficam pedindo o Neymar, o Paulo Henrique, o Ronaldinho, não vive falando mal da ditadura? Então... Mas foi a ditadura que trouxe o tri. Eu não posso dizer nada porque eu não vivi a ditadura, que é igual o Pelé. O pessoal fala pra nós que o

Pelé era o maior, mas eu não posso dizer nada porque eu vi o Pelé só um pouquinho, quando eu era guri, e não deu pra ver mesmo. Então eu não posso falar nada. E já que vocês gostam tanto do Pelé, então como é que pode falar mal da escravidão? O Pelé não é de cor? Se não tivesse a escravidão, então também não ia ter o Pelé, porque foi a escravidão que trouxe o pessoal de cor da África. Fora isso, o Pelé era amigo da ditadura. Não foi ele que falou aquela frase "Pra frente, Brasil"? Por isso é que eu não posso dizer se a escravidão ou se a ditadura é boa ou é ruim. Igual o Neymar e o Paulo Henrique. Eles nunca jogaram na Seleção, então não dá pra saber se eles vão ser bons pro grupo, para a pátria, ou não. Porque vocês da imprensa sempre reclamam mesmo. Até se nós ganhamos a Copa. Porque, pensa bem: se eu levo todo mundo que a imprensa fica pedindo, os dois guris do Santos, o Ronaldinho, que todos eles sabe jogar bola, isso é inquestionável, aí eles vão lá e arrebentam, jogam bonito, fazem um monte de golaço e depois, na última hora, a Seleção perde nos pênaltis — isso aconteceu até com o Zico, que a imprensa adora, mas que nunca trouxe nada pro Brasil — aí todo mundo vai ficar falando que eu fiz errado de ter chamado eles. E tem o grupo que foi lá, que lutou, que eu vi jogando — porque eu sou assim: se eu acho que o jogador é bom, é porque ele é bom mesmo, igual o Grafite, que deu sangue pro Brasil, que é a nossa pátria, no pouco tempo que ele jogou com o grupo. Então, é esse grupo que deu o sangue pela pátria é que vai pra Copa. Porque a nossa pátria, que é o Brasil, não aceita perder. Então, tem que tentar ganhar e não jogar bonito. A nível de futebol, beleza não põe a mesa. O importante é o resultado, igual a ditadura. Eles podiam prender esse pessoal de esquerda, sei lá, mas aí o Brasil ganhou o tri. Em 94, não tinha mais ditadura, mas tinha o Zagallo e o Parreira que eram da ditadura na Copa de 70. E aí eles ganharam de novo. Essa eu vi, que eu estava lá, então eu sei que foi uma coisa boa, porque eu levantei a taça, mesmo que a imprensa não gostou que nós não fazia espetáculo. Mas a pátria ganhou mais uma Copa igual na ditadura. Agora vai ser assim outra vez. O grupo pode jogar feio, pode até não ganhar nada, mas uma coisa eu garanto: no grupo só vai ter quem já mostrou que vai dar o sangue pela pátria. A nível de futebol, o que importa é o sangue.

Amando uns aos outros

Vá, que vai acabar. Férias de julho passa rápido. Vá. Vá logo. Vá rápido.

Reúna os cara todos e vá. À praia, junto com todo mundo. Todo mundo mesmo. Vá pensando em sexo. Vá se dar bem. Você não vai fazer sexo. Mas você vai lembrar, pro resto da vida, e vai morrer de rir, sempre que lembrar, daquele seu camarada que bebeu muito, que vomitou muito, que entupiu a única privada da casa em que vocês vinte ficaram. Vá morrer de rir.

Tu não vai poder ir. Tu foi escolhido pra fazer plantão na firma. Tu pensa: por que tu? Mané. Óbvio: é porque tu é muito bonzinho, muito quietinho, muito timidozinho e, mesmo com essa gravata mais ou menos que tu bota, tu não consegue disfarçar essa tua cara de hippie que tu tem. Óbvio: tu vai passar o plantão de fim de semana escrevendo poesia na firma. Vai.

Vá, que vai ser péssimo. A família lá, andando na rua da sorveteria, você na frente, suado. A sua esposa, digníssima, cheia de creme em cima das queimaduras, a perna toda empolada de mordida de borrachudo, logo atrás de você, sofrendo muito, muito. O seu filho adolescente vestido de preto, do outro lado da rua, querendo muito que você perceba o quanto ele, de cabelo todo assim, ignora você. Os menores querem dinheiro pra comprar alguma coisa. Qualquer coisa o tempo todo. E lá no final da fila a Vovó, que é sempre mais ou menos ninguém. Se não fosse a irritação que ela provoca em você, vá saber por quê, ela seria ninguém mesmo. Você tem que ir. Todo mundo vai. Vá. Vá, mas vá com cuidado. A violência está solta por aí. Ainda mais nestas férias. Mas um dia a gente expulsa com esse direitos humanos daqui. Só aí é que resolve. É sol, é céu, é sal, é sábado, é amor. Vá se preparar para o amor. Vá se preparar para ser feliz. Você tem que ser feliz. Felicidade é amor. Se você tem o corpo arredondado, a pele bem cuidada, o bronzeado ou a palidez no tom exato, o espírito jovem, a mente preparada para viver novas experiências, disposição para estar sempre inventando moda, acesso ao que há de mais moderno a nível de tecnologia de ponta, um sorriso largo sempre estampado no rosto, se você é muito feliz, você vai ter um amor neste sábado. Se não, não. Vá obrigatoriamente ser feliz.

Não. Não vá. Você é diferente. Você não é igual. Eles são uns neuróticos, enquanto você é legal. Essa gente se esfregando pelas ruas, suada, feia, sem dente, vendendo coisa barata, comprando coisa que não devia ser vendida, bebendo pinga, berrando palavrão, fazendo farofa, comendo espetinho de camarão, dançando música de bundinha, berrando o hino do Vasco, não, você não é assim, urrando, usando sabonete e xampu na cachoeira, xingando o motorista do ônibus que arrancou brusco, reclamando com o táxi que parou na faixa de pedestre, feia, feia, feia, você não. Você, não. Diferente, bonita, linda, o corpo arredondado, a pele bem cuidada, o bronzeado ou palidez no tom exato etc. etc. etc. moderna, tecnológica, diferente de tudo isso que anda por aí, pronta para ser feliz neste sábado, longe de todo mundo, só você e o cara que é o cara, tomando vinhozinho, ouvindo jazz, planejando uma viagem inesquecível para uma ilha na Indonésia que só ele conhece, longe dessa gente igual, suada, diferente de você, que nunca suou, e dele, que sabe fazer um prato agridoce, receita tailandesa que inclusive é muito afrodisíaca pra você, que é ótima, diferente, neste sábado.

O que será que se passa na cabeça de um sujeito nessas condições?

Meu nome é Temístocles Jumonji. Eu nasci na localidade de Santos, nos idos de 1966. Mais ou menos. Mas fixei residência aqui em São Paulo há praticamente três décadas. Eu não gosto de negros. A minha mãe é negra e eu sou quase negro, e meu irmão, que cai em pé e corre deitado, é mais pro japonês igual o meu pai. Por isso é que o meu irmão comeu a Madonna quando ele foi modelo na capa do disco dela. O nome do meu irmão é Aristóteles Jumonji e eu tenho um outro irmão, que eu só conheci depois de grande. Ele tem uma mãe diferente. É o Demóstenes, que eu não sei se ele pegou o sobrenome Jumonji do meu pai também. Eu só o conheci depois. Minha mãe morreu. Eu não sei se eu gosto dela, disso dela ser negra e eu ser quase negro e o Ari ser japonês, todo bonitinho. Japonesinho. Quando ele era pequenininho, as meninas do teatro ficavam com ele no colo, alisando ele. Eu sou recalcado. Lá lá lão, recalcado anda de caminhão. Lá lá lóvel, recalcado anda de automóvel. Lá lá leite, recalcado anda de skate. Eu sou esquizofrênico. Sabe? Eu sou esquizofrênico. Como vai o seu avô? Estou com muitas saudades do seu avô. O Demóstenes não tem nada de negro. A mãe dele não era negra e o meu pai é japonês. A minha mãe era negra, era neguinha. Não gosto de neguinha. Isso é uma das razões de eu ser esquizofrênico, louco, uma loucura mais parecida com a do George Harrison.

O Ari, o meu irmão, o Aristóteles, foi campeão mundial de skate e apareceu na revista junto com o Tony Alva, os dois do mesmo nível, o Ari e o Tony Alva.

Quando eu morava em Ubatuba, naquele barraco que a minha mãe neguinha morava, eu e o Ari tínhamos um monte de pôster do Tony Alva na parede e figuras adesivas fosforescentes autocolantes do Tony Alva coladas no skate da gente. Agora o Ari apareceu na revista de skate junto com o Tony Alva, os dois abraçados. Os dois do mesmo nível. Na revista americana. Nos Estados Unidos. E eu aqui, nessa loucura do George Harrison, sem nada. Eu não tenho nada. O Ari lá no pôster da revista com o Tony Alva, e eu não tenho nada. O Ari já tem quarenta anos. Ele não é mais um japonesinho. Ele cresceu, é musculoso, é modelo de foto de moda pra skatista. O Ari foi campeão mundial de skate. Eu tenho uns quarenta e cinco.

Eu já fui campeão brasileiro free style. Depois foi o Ari que começou a ganhar todos os campeonatos — rampa, free style, tudo. O Ari cresceu, sabe? Sua irmã deve ter crescido também. O Ari está preso em Los Angeles. Eu não tenho nada e ainda estou devendo uma pedra para o meu corpo. Ou então eu tenho que morrer e ir para o Japão. Ou então eu tenho que tomar um Taffman-E, porque eu estou ficando brocha com o remédio que eu tenho que tomar e, se eu paro de tomar o remédio, o meu pai me bota pra fora e eu tenho que trocar de emprego toda hora, dar aula de inglês, trabalhar na lavanderia, ser copiloto de helicóptero. Esta camisa que eu estou usando é feita especialmente para copilotos de helicópteros. Eu sou um copiloto de helicópteros.

É melhor ser louco do que brocha. Se o meu pai me bota pra fora, eu não tomo mais remédio e sou acometido por surtos psicóticos, e vou parar na clínica, hospital público cheio de mendigo. Depois acabo aqui jogado e vou ficando cada vez mais mendigo, e a minha perna esquerda está em péssimas condições, e eu não consigo mais andar de skate, nem lutar kung-fu nem dançar igual o John Travolta e nem jogar basketball, e nem trabalhar no McDonald's com o cabelo verde debaixo da touca do McDonald's e lavar o chão do McDonald's da avenida Paulista com o esfregão, dançando igualzinho ao Gene Kelly na poça d'água com detergente, de um jeito que dava até para fazer um comercial do McDonald's, porque eu ganhei todos os concursos de dança nas discotecas, em Ubatuba, nas Brincadeiras do TCC, em Taubaté, porque eu sempre dancei muito bem mesmo e eu andava de skate e eu lutava kung-fu. Eu sou do Bronx.

Fiquei em primeiro no campeonato de Guaratinguetá e ganhei também em Pinda. Free style. Mas eu tive que abandonar o ramo do skate e agora estou mergulhado na atividade, na produção, no ramo de estofamento para mísseis. Eu tive que parar por causa da minha perna. Veja, note bem, veja como está a minha perna esquerda, o sangue. E o Ari é o campeão mundial, junto com o Tony Alva, e é modelo de comerciais e comeu a Madonna. Eu também podia ser, quando eu fui para os Estados Unidos, do you understand me? Mas a perna... Olha só o sangue na minha perna. O sangue saindo.

O Ari cresceu muito. Nos Estados Unidos, ele foi para um lado ser campeão mundial de skate e modelo com o Tony Alva e eu fui para o outro lado, para a Nasa. E o meu pai foi para um terceiro lado com aquela mulher, aquela latina. Meu pai gosta de neguinha, de latina. Ele se mistura com neguinha e quem nasce sou eu, japonês e meio preto, com esse cabelo, que já foi verde quando eu era meio punk, New York Dolls, Devo, Mada-

49

me Satã, Inocentes, ba ba ba, ba ba ba. O cabelo do Ari é lisinho, é cabelo de japonês. O Ari cresceu muito. Ele ficou preso e ficou forte de tanto fazer ginástica na prisão. A prisão é um lugar bastante apropriado para a prática da musculação, objetivando o aperfeiçoamento físico. Mente sã em corpo são. O Ari virou modelo, sem camisa, andando de skate em New York City. Como vai a sua irmã? Ela também cresceu? Vou dar uma prancha de body-board de presente pra ela. Ela ainda é surfista? Ela já foi campeã mundial de body-board? Mas antes eu tenho que comer carne, tenho que tomar Taffman-E, porque eu estou ficando brocha. Ontem de noite, na academia, entraram dois soviéticos e jogaram cocaína, maconha e crack no meu lado esquerdo. Jogaram crack na minha cara. Olha só como ficou o meu lado esquerdo. O lado esquerdo da águia. O lado esquerdo do samurai. O sangue saindo da minha perna esquerda. Eram dois soviéticos. Os mesmos que explodiram aquela nave que explodiu na Nasa, em Cabo Canaveral. Tinha um astronauta japonês no ônibus espacial. Foi por isso que os soviéticos agora querem acabar com o meu lado esquerdo, o meu joelho, a minha perna esquerda. Porque eu sou japonês. Porque eu sou o samurai. Sabe? Com a perna assim, eu não vou poder ser campeão mundial de skate e não vou sair no pôster com o Tony Alva. Eu amo a Sabine, mas ela ama o Rei da Inglaterra, que antes, na Flórida, era o meu melhor amigo. E eu estou brocha por causa do remédio para esquizofrênicos que o dr. Luís me dá quando eu vou lá na clínica dos mendigos. Mas quando eu não estou sendo campeão brasileiro de skate nem jogando basketball no Chicago Bulls, ou na Seleção Ubatubense de Basquete, ou dançando igual o John Travolta, ganhando todos os concursos de dança nas Brincadeiras do TCC, em Taubaté, ou sendo um grande ator nos palcos brasileiros, com domínio absoluto sobre todos os músculos do meu corpo, preciso nos movimentos, trabalhando o personagem como se meu corpo fosse uma marionete manipulada pelo meu cérebro de ator, um grande ator, o melhor, eu sou mendigo. O meu primo me viu na rua, eu utilizando trajes apropriados para um mendigo, e meu primo chorou quando me viu. Você também está com vontade de chorar?

Foi lá nos Estados Unidos que a Nasa e o Rei da Inglaterra me pegaram e fizeram isso com o meu lado esquerdo, com a minha perna esquerda. Flórida, Califórnia, Ohio, New York e adjacências. São experiências terríveis com o lado esquerdo da pessoa. O lado esquerdo da águia. Para enfrentar essas atrocidades terríveis, é necessário usar os trajes do lado esquerdo da águia: um conjunto completo de roupa indicada para as práticas do mergulho livre e do surf em temperaturas abaixo da temperatura ideal, além de óculos escuros no formato pentagonal e dois facões pontiagudos falsos feitos especialmente para a prática do Maculelê, que o samurai pode obter facilmente em qualquer academia preparada especialmente para a prática da capoeira, esse esporte afro-brasileiro praticado por negros musculosos. Onde fica a farmácia? É chegado o momento. Eu não sou o estranho no ninho. Você pensou que eu fosse o estranho no ninho?

Tente me compreender. Minha estratégia é simples. Primeiramente, preciso dar cabo da minha própria vida. Para isso, basta que eu utilize qualquer veneno indicado especialmente para aniquilar ratos e camundongos. É possível obter produtos dessa espécie em qualquer farmácia ou drogaria do ramo. Mas não se preocupe. O samurai, que sou eu, o lado esquerdo da águia, que sou eu inspirado no consumo de plantas alucinógenas indicadas especialmente por Carlos Castañeda, no deserto de Sonora, México, o samurai será transferido para o Japão, onde vou recuperar a minha espada — é isso, preciso recuperar a minha espada para derrotar a Nasa e vingar o japonês do ônibus espacial. No Japão, serei operado pelo meu tio, que é totalmente japonês, em um procedimento cirúrgico de extrema delicadeza, onde minha perna esquerda será recomposta e será preparada para o dia da ressurreição com peças feitas especialmente para samurais cibernéticos, tipo O Homem de 6 Milhões de Dólares. É quando o samurai, no caso eu, o lado esquerdo da águia, será conduzido em sua glória pela estrada de Narayama até o deserto de Sonora, México, América do Norte, Terra, Sistema Solar, Universo, para iniciar os procedimentos invasivos contra a grande potência do Rei da Inglaterra, que tomou do samurai, no caso eu, sua musa amada, a também britânica Sabine, cujo cabelo possui o olor do abricó. Eu samurai, ex-Abricó, ex-Tecnicolor, seguido por Ovo Frito, Doutor Florzinha — o Doutor Florzinha é italiano, e italiano, quando fica nervoso, chuta o próprio carro —, o Capacete, o Kid Pornô, o Cruz Vermelha, pegarei o rumo do Reino de Mefistófeles, a espada do samurai em punho. Foi o Rei da Inglaterra, o soviético macrobiótico, biscoitinho, biscoitinho, e a Nasa, foram eles que tomaram a espada do samurai. Mas quando o samurai, o lado esquerdo da águia, com a espada do samurai em punho, adentrar o reino do Rei da Inglaterra, será tarde demais para as hordas infernais da América do Norte, tarde demais para a Nasa.

Sete horas e catorze minutos, Flórida, Cabo Canaveral: BUM! Onze horas e vinte e cinco minutos, Califórnia, reduto do Rei da Inglaterra: BUM! Catorze horas em ponto, Texas: BUM! Dezenove horas e quatro minutos, Ohio: BUM! Vinte e três horas e cinquenta e nove minutos, quase meia-noite, New York City e adjacências: BUM! Não vai sobrar nem o Aristóteles nem o Tony Alva. Eu amo o meu irmãozinho, eu amava a minha mãe, mas eu não gostava dela, que era neguinha, e eu ia nascer totalmente neguinho se o meu pai não fosse japonês.

É preciso haver uma hierarquia. É preciso saber separar o joio do trigo, os nobres dos ignóbeis.

Por um lado, eu: o samurai, o lado esquerdo da águia, um grande ator com domínio absoluto sobre o próprio corpo, um grande bailarino que dança na chuva, de cabelo verde, com a perfeição de Gene Kelly, capaz de reproduzir nos mínimos detalhes todos os passos coreográficos de John Travolta em *Os embalos de sábado à noite*, que domina o estilo da Serpente na prática milenar do kung-fu, campeão brasileiro de skate free style, um grande ator capaz de entreter, sozinho, apenas com a ajuda do próprio corpo, plateias de todos os extratos sociais da população, através de um método desenvolvido pelo próprio samurai, no qual o ator não se envolve emocionalmente com as emoções do personagem, mas manipula essas emoções como se o personagem fosse uma marionete, domínio absoluto dos músculos, da entonação vocal, das emoções em si desse personagem, um grande skatista da geração pioneira na prática do skateboard em solo brasileiro, composta pelo Yura, pelo Bola 7, pelo Porquê, pelo Marcio Mad Rats e outros mais, desde os idos da saudosa Wave Park, praticando o free style na rua Pandiá Calógeras, na Liberdade, o renomado bairro japonês de São Paulo. Eu sou um japonês que atravessou os Estados Unidos, coast to coast, carregando a espada do samurai e meu skateboard, até ser detido pela Nasa, até ser sacrificado em nome do american way of life.

De lá pra cá, diariamente, praticamente todos os dias, os soviéticos e a Nasa invadem o espaço da águia, o lado esquerdo da águia, e aplicam drogas de potência descomunal sobre o meu lado esquerdo. Drogas farmacológicas e drogas indicadas para mendigos, como a pedra que transfigura por completo o rosto meio japonês, meio neguinho do samurai, inutiliza seu joelho esquerdo para a prática do free style e/ou do street style sobre o skateboard e o coloca a mercê dos ignóbeis nesta rua coberta de lixo e sangue. O sangue que corre sobre a perna esquerda do samurai, o lado esquerdo da águia. Me sinto como um camun-

53

dongo de cauda comprida, numa sala cheia de cadeiras de balanço.

Por outro lado, os ignóbeis: o povo, humanos de baixa qualidade estética, estética no sentido filosófico da palavra, a classe baixa-alta composta de neguinhos sem nenhuma consistência intelectual, os mesmos que crucificaram o Cristo, os mesmos que tornaram possíveis as trajetórias sanguinárias de Adolf Hitler, Joseph Stálin, Mao Tsé-tung, general Custer, dispostos a seguir qualquer regra sem fundamento intelectual ou fundamento ético, ausência de fundamentos estéticos, ignóbeis adoradores do dinheiro barato, das merrecas, da violência medieval primitiva.

Esses neguinhos que vêm me cutucar com o porrete, ignóbeis teleguiados pelos controladores de cérebros do mercado do dinheiro. O dinheiro que é a manifestação física e especulativa de Satã. Eu detesto dinheiro!

Esses adoradores do Cristo errado, que só falam em dinheiro, e dinheiro não serve pra nada. Dinheiro serve só pra comprar pedra, é um mal necessário, mas é principalmente um mal. O Cristo disse que não era pra trabalhar, não era pra juntar bens materiais, pensar num futuro material, Olhai os lírios do campo, ba ba ba, ba ba ba. O Cristo disse que era para vinde a mim, vinde a ele, o Cristo, as criancinhas, porque delas é o Reino dos Céus. E os ignóbeis vêm com o porrete e agridem fisicamente, covardemente, as criancinhas cracudas da Cracolândia, que não têm pai, quer dizer, têm, mas era melhor que não tivessem, porque os pais delas são todos monstros abomináveis criados pela sociedade do dinheiro. As criancinhas do Cristo verdadeiro já estão todas mortas, criancinhas mortas pelo dinheiro, pelos mercados futuros, já estão todas cagadas pela falta de um lugar onde possam praticar suas necessidades fisiológicas. Elas são caçadas aqui em volta dia e noite por uns neguinhos ignóbeis, que nunca foram grandes atores com domínio absoluto sobre cada músculo de seus corpos, que nunca jogaram basketball nem foram campeões brasileiros free style, ba ba ba, ba ba ba. Essas criancinhas cracudas vão acabar se voltando contra a sociedade que as tornou cracudas e que as deseja mortas, com muita dor, muito sangue. Óbvio até para um esquizofrênico cracudo. Somos todos personagens medievais primitivos de uma tela do renomado pintor holandês Hieronymus Bosch. Eu sou um personagem morto, aquele capetinha com a cara toda retorcida no canto da tela, e eles, os ignóbeis medievais, já estão chegando junto, com aqueles porretes. Ui ui ui, eles querem bater em mim, eles querem me expulsar da área, os ignóbeis particulares e públicos. Ui ui ui, eles estão defendendo as propriedades das pessoas de bem. Ui ui ui, ai, que mêda!?

Só

É, você está muito só.

Você está só porque as pessoas que encontra pela rua estão correndo atrás de dinheiro, com medo de ficarem sós na velhice e não terem onde cair mortas e passarem os últimos dias de suas vidas na sarjeta, pedindo dinheiro, precisando de dinheiro, precisando de carinho, precisando de outras pessoas que as compreendam, que sejam solidárias com elas, que digam alguma coisa bonita para elas, alguma coisa que as anime, alguma coisa que as faça crer que a vida é algo maior, algo mais importante do que uma sequência de dias solitários, algo melhor do que um amontoado de dias.

Você está só porque a vida é um amontoado de dias.

E, ainda por cima, o tempo não existe, os dias não existem, a vida não existe.

Você está só porque as pessoas do lugar onde você trabalha estão correndo atrás de dinheiro, mantendo as aparências de uma amizade falsa por você, porque elas não te conhecem direito mesmo, porque elas não estão nem um pouco interessadas em conhecer você de verdade, porque conhecer você de verdade e manter uma amizade de verdade com você as obrigaria a tomar uma posição verdadeira a favor de você, caso as pessoas que pagam o salário delas, o seu salário, resolvam se voltar contra você, ameaçando você com a perda do seu emprego, do seu salário, da sua vida acima das sarjetas e, consequentemente, ameaçando o emprego delas, o salário delas, o dinheiro delas, a vida delas acima das sarjetas, o dinheiro delas, o dinheiro delas, o dinheiro delas, a vida delas, e no dia em que você perder o seu emprego as pessoas do lugar onde você trabalha vão sorrir para você, vão desejar boa sorte a você, mas vão demonstrar para as pessoas que pagam o salário delas, que pagavam o seu salário, que elas não estão com você para o que der e vier, que elas não são tão próximas assim de você, que elas gostam muito mais das pessoas que pagam o salário delas, o dinheiro delas, do que de você. E você nunca mais vai se encontrar com as pessoas do lugar onde você trabalha, as que almoçaram tantas vezes com você, que riram tanto das piadas que você contava.

E você agiria da mesma forma que as pessoas do lugar onde você trabalha, caso elas perdessem os empregos delas.

Você está só porque a sua vida custa dinheiro, porque a sua vida é o dinheiro.

Você está só porque a escola que você frequenta está correndo atrás de dinheiro, ensinando os alunos a arrumar uma dessas profissões de arrumar dinheiro.

Você está só porque você tem que arrumar uma profissão que te ajude a arrumar dinheiro, um trabalho cujo único objetivo é fazer você ganhar dinheiro.

Você está só porque a sua família está pensando em dinheiro, os seus filhos estão pensando no dinheiro que você pode dar a eles, os seus pais estão pensando no dinheiro que eles têm que dar para você, que eles têm que deixar para você. Será que você vai herdar algum dinheiro quando alguém da sua família morrer? Seria bom herdar algum dinheiro, não seria?

No último réveillon, quantas pessoas desejaram dinheiro para você?

Você está só porque ninguém se interessa pelos seus problemas, pela sua solidão, pelo seu dinheiro que você não tem, pela sua solidão intransponível, pelas injustiças que vivem acontecendo na sua vida, na vida.

Você está só porque a imagem de uma criança toda queimada, toda suja de lama numa maca suja, cheia de moscas voando ao redor, é apenas uma imagem na televisão, patrocinada por um banco que finge ser seu amigo, finge estar à sua disposição no momento em que você mais precisar dele, aquele banco legal, aquele banco amigão.

Você está só porque tem dinheiro.

Você está só porque não tem dinheiro.

Você está só por causa do dinheiro.

Só dinheiro.

Só.

Um gosto podre na boca

E ela chama isso de "fazer amor". Pois eu acho meio nojento. A começar pelo teatro. A cena do supermercado é obrigatória. A gente lá, andando pelos corredores, entre as prateleiras, escolhendo produtos especiais para uma noite especial: "Vamos levar essa mostarda de Dijon? Pega pra mim aquele vinho branco alemão. Olha só, Amor, aquele queijo que você adora!"

Alguém tem ideia do gosto do beijo dela depois do queijo que nós adoramos, do vinho branco doce e do boquete que ela faz questão de pagar nessas noites especiais?

Aí tem a cena da cozinha. Tudo teatro. Teatro, não — comercial de molho de tomate. O casal sorridente cortando pimentão, temperando o frango. Então, ela começa a se esfregar. Fica encostando aquele bundão em mim, sempre fingindo naturalidade. Não sei quem inventou que sexo é uma coisa espontânea. Quem faz sexo espontâneo é cachorro vira-lata. E é assim que me sinto: um vira-lata sarnento — o cheiro da cebola, do alho, do suor azedo que encharca meu sovaco nessas horas.

Silêncios constrangedores. Nós dois pensando em sexo, fingindo que aquele frango cru, ensebado, é a coisa mais importante da noite. Só que o frango, depois de assado e coberto por especiarias do "primeiro mundo" (quando ela quer elogiar algo, diz que é "coisa de primeiro mundo"), fica até bonito, cheiroso. A nossa alma é que vai ficando fedorenta.

E ela lá, com o bundão espontâneo, se esfregando espontaneamente no meu pau. Quer saber? Não gosto de intimidade com quem já sou íntimo.

Ela não aguenta o silêncio por muito e tempo e precisa falar alguma coisa. Qualquer coisa:

"Às vezes tenho a impressão que mal conheço você."

Que merda é essa? A gente já se conhece há mais de dez anos, já fez sexo em todas as poses pornográficas e ela ainda me envolve nessa conversa nada espontânea só porque não aguenta um silêncio de cinco minutos. Sou obrigado a responder qualquer coisa:

"Você me conhece melhor do que qualquer pessoa."

Pronto. Agora poderíamos calar a boca por mais alguns minutos.

Mas não.

Ela tem que falar, assim, de repente:

"Faça amor comigo."

Porra, mas a gente ainda nem jantou!

E eu? Sabe o que eu digo?

"Boa menina."

E ela:

"Beije-me daqui até aqui."

O "aqui" dela é lá. O gosto na boca dura uns três dias. O queijo, o boquete, o vinho branco adocicado — ela é metida a chique, mas bebe "Liebfraumilch" — e, pra completar, o gosto que vem das entranhas dela. Dos infernos! E os barulhos do sexo oral? Tanto os que eu faço quanto os que ela faz:

"Sssscccchluuuurrrrrrrppppffffffnnnnnnnnssssplussssh!"

Mas também não posso reclamar muito. Participo do teatrinho que nem um ator de filme pornográfico. Peço a ela que implore pelo meu Bimbim — o apelido carinhoso que deu para o meu pênis.

Sabe como eu chamo ela na hora do sexo?

"Baby!"

Ai, que vergonha!

O cúmulo da simulação é quando ela tira a boca do meu pau e me empurra pra cama, simulando uma excitação bem maior do que a verdadeira. Outro dia ela falou que eu era hot. Hot, eu? Será que não dá pra trepar sem dizer nada?

Não. Não dá. Ela tem que ouvir e falar palavras como Bimbim, baby e hot.

Eu a chupo. Ela me chupa. Eu coloco meu órgão sexual dentro do órgão sexual dela.

Ela fala:

"Mais rápido, Christian, mais rápido... por favor."

Eu digo:

"Goze, baby. Goze pra mim."

Eu gozo. Ela finge que goza.

Depois, o que sobra é esta sensação de ridículo, este gosto azedo na boca, este cheiro de ovo impregnado nas narinas. E ela chama isso de "fazer amor".

Estando el Dionísio en lo exilio

(Tradución selbaje: Ronaldón Bressane)

Tu bibes en lo astral, en akella rikeza de espíritu, recorrendo el camino ke bay a levarte para un something especial, para la arte, para la bictoria sobre la muerte, para la huenrra, al encuentro de Diós, un Diós cualkier, el Diós tuyo.

Akello something.

Lo Charlie Parker, uno desos lokos, por exemplio, lá, en akella angústia, buscando something, un jetcho de juntar unos sonidos de manera única, akello lance astral, un pokito mágico, akella rikeza de espíritu, una combinació de sonidos ke és solo una combinació de sonidos, ke sería solamente una combinació de sonidos si no fuera something. Pero esos lokos tienen esa obsessión de estar siempre cazando something, eso fuego astral, mó loko. Mantener eso fuego astral, mó loko, siempre encendido. Y lo Charlie Parker, lá, sólo como exemplio, despues de juntar esos sonidos todos, dakello jetcho mó loko, hablando directo con el Diós, encuentrando la no-muerte, todabia bay lá tomar heroinita, kedarse en las borracheras de la obscuridad, bibiendo situaciones mó lokas, astrales, ricas de espíritu, una mina en lo medio etc., esos lances todos del Dionísio — la arte, la muerte, lo Zé Celso, lo vino, la heroinita, las combinaciones de nuetas, naves espaciales etc. Pero esto tío és un sacy monstruoso, el Dionísio. Porke és una companhía heavy demás. Tu no puedes kedarte zankeando demás con ello por aí, eletricidad 24 horas por día, lo Jimi Hendrix, por exemplio, lá combinando sonidos, combinando sonidos, nonstop, unas minas en lo medio, akella angústia, akello fuego astral elétrico that never goes out, tu no puedes kedarte sendo, lá, mó loko experimental transgresor de vanguardia todo el tiempo, baboseando lá en lo mamadero, con lo Dionísio gorroneándote, nakella angústia del fuego astral.

Porke lo Dionísio embroca un tipo tipo lo Glauber Rocha, por exemplio, lá, en akella angústia, tentando explicar akellos lances todos, nakella imuertalidad astral, la arte, la muerte, la geopolítica internacional universal, la muerte venindo, no se contentando en kedarse haciendo una milonguita agradábile, de ascensor, esas peliculas tipo ke no te hinchan las pelotas, ke tu entiendes easy, chupando Ypióca Prata en el mamadero com akello atorzito secundario de la nobella en la tele, ke siempre hacía papel de capanga nesas nobellas de Pantanal, de paizito, esos lances, pero ke ahora está kasi muriendo, la cara bermeja, lo Dionísio mamando la última gota del fogo astral del ex-capanga de nobella de tele, y ké pasa, che? Neguiño explode. Dionísio explode el tío.

Lo Dionísio no tiene limites.

Lo Dionísio bay tentar matarte, no tenga dudas. Al minos ke tu lo expulsas luego de tu alma. Para esto, evita contactar algun fuego astral cualkier, con combinaciones de nuetas mutcho lokas, akellas arengas dionisíacas de Glauber, el fuego de las pasiones revolucionárias. Oye sólo las milonguitas ke no rompen bolas de jetcho ningún, sólo la ke tu ni reparas. Nada de pensamientos sobre la muerte y esos lances mó lokos. Confórmate con la muerte, ke esa no hay jetcho. Peinado divididito, corbata, ke és un aderezo ke bay te dejar mutcho más sexy etc. Dionísio puede mismo no conseguir explodirte, ahí, muy fácil. Pero Dionísio és sensible y temperamental. Se tu no morir de tantas combinaciones de nuetas mutcho lokas, se tu no morir desa pose mó loka experimental transgresora de vanguardia, deso fuego astral eléctrico ligado en lo maximum, e esas Ypióca Prata, las minas en lo medio, akella arenga toda del Glauber Rocha en lo mamadero de la eskina, Dionísio bay embuera, en un gesto de auto-exílio, y bay dejarte muy soziño.

La pancreatitis aguda necro-hemorrágica ke lo Dionísio te metió, akellas combinaciones de sonidos mó lokos, akellas arengas todas sobre lo Glauber Rocha y sobre los lances mutcho lokos experimentales transgresores de vanguardia ke tu ia escribir, meter en películas, en milongas, la Ypióca Prata, esos lances, dejárante con akella cara un poco rara de kien no sabe lo ké decir para lo capanga de la nobella de la tele, akella cara de kien no entiende el entusiasmo dakello poeta amigo tuyo mutcho loko mamando Ypióca Prata, berrando cosas extrañas a respecto del Dionísio. Tu amigo keriendo ir mutcho más fondo en las kestiones del espíritu, de la arte, de la muerte, mutcho más far away, con mutcho más fuego astral do ke lo Zé Celso, lo Glauber Rocha, esos lances.

En lo exílio de Dionísio, tu nunca bayas a perder la sensació de ke está faltando un something.

O Juízo Final!

Eu não disse que ia voltar para o Juízo Final? Então cá estou, homenzinhos! Sei até que aquilo foi uma maluquice que deu na minha cabeça, quando comecei a falar em amor, em perdão, em um deus de amor e de perdão, que é o Deus! O Deus único! O Deus pai! O Deus meu pai! O Deus eu! Uma maluquice que me deu! Um amor imenso por todas as coisas que há!

Aquela maluquice que me deu de insistir com aqueles primitivos dos tempos em que eu, filho de Deus, passei pela Terra, que eles, os primitivos que apedrejavam adúlteras, que torturavam e crucificavam filhos de Deus com incrível naturalidade, não deveriam ficar, lá, julgando os outros, apedrejando os outros, crucificando os outros, fazendo de tudo para que todas as pessoas que há sejam sempre infelizes, inclusive eles próprios, os primitivos apedrejadores de adúlteras!

Com tanta infelicidade em seus coraçõezinhos, tanto ressentimento recalcado, os infelizes não só me torturaram muito, não só me botaram na cruz como também, em seguida, foram deturpando as minhas ideias, até transformarem o Filho de Deus, o próprio Deus, eu, numa espécie de inspetor de alunos, de bedel de colégio de padres, de freiras, essas parada!

Sim! Os selvagens primitivos apedrejadores de adúlteras abandonaram o amor! Abandonaram o perdão! Abandonaram o desapego material! Os mendigos! Os leprosos! As adúlteras! Os lírios do campo! As criancinhas! Sim! O Bem! Tudo! Deixaram tudo de lado: aquela maluquice toda, aquela parada meio hippie, meio comunista, meio maluca, aquela parada de sermos todos irmãos, iguais em importância! E o coitado do Deus, o pobre de mim, Jesus, fui transformado em mero guardião da masturbação alheia, em vil controlador do comprimento da saia das moças! O pobre maluco de mim, Cristo, acabei pintado pelos detratores como um caretinha falso moralista que proíbe tudo! Que proíbe inclusive o amor! Que proíbe principalmente a felicidade!

Mas esse Jesus de vocês, ainda muito primitivos, selvagens, recalcados, esse caretinha, bedel, controlador, inspetor, proibidor, não sou eu, Jesus de verdade! Não sou eu, Jesus do amor! Esse Jesus caretinha, na verdade, sim, meus amigos, é o próprio Capeta, o Deus do Dinheiro, o Deus da Caretice! Por mil demônios!

Então, a brutalidade de vocês, selvagens primitivos caretas adoradores do dinheiro, sem nenhum amor ao próximo, sem nenhuma capacidade de perdoar, predominou sobre a Terra!

Ficou tudo invertido!

Os criadores do Jesus Capeta Careta, selvagens descendentes daqueles primitivos que apedrejavam mulheres e torturavam filhos de Deus na cruz, venceram e convenceram toda a humanidade, que é formada em sua esmagadora maioria por indivíduos primários, violentos, possuídos por toda espécie de recalques e ressentimentos profundos inconscientes, de que o importante não é olhar os lírios do campo, que são cobertos de beleza e glória mesmo não se preocupando em acumular riquezas, roupas douradas, bens materiais, enfim! Não! Para os capetas caretas acumuladores de ouro, o importante é justamente o contrário! Os brutos convenceram os imbecis, vocês, de que o importante é ter muito dinheiro, é dirigir aqueles automóveis com vidro preto para que os mendigos, os leprosos, as adúlteras, os filhos de Deus não possam olhar vocês nos olhos, a cara bem barbeada de vocês, adoradores do Cordeiro de Ouro!

Convenceram os energúmenos de que o importante, o respeitável, é usar gravatas! Sim! Gravatas!

Que contradição paradoxal insolúvel! O Homem de Bem, construído pelos primitivos sem amor, esses que estão sempre usando o meu nome em vão, é justamente aquele cara caretinha, com aquele cabelo arrumadinho e... gravata! Enquanto os considerados inimigos do bem e da respeitabilidade são esses humanos meio esquisitos, malucos, meio malvestidos, meio cabeludões que não se preocupam muito com a própria aparência, igual os lírios do campo, sem carro, sem cartão de crédito!

Os considerados pecadores, desde a ressurreição do deus que ama e perdoa, no caso eu, modéstia à parte, acabaram sendo exatamente esses caras meio parecidos comigo, Jesus do amor, cabeludo meio hippie, meio mendigo, meio comunista, com essa mania meio hippie, meio comunista, meio maluca de repartir o pão e compartilhar o amor!

Vocês, primitivos selvagens idiotas tapados, não têm mesmo salvação. Vocês usaram muito mal o livre arbítrio que Deus, no caso eu, modéstia à parte, lhes deu! Vocês optaram pela moral hipócrita, pela autoimportância, pela perseguição cruel aos diferentes, os maluco! Vocês realmente acham que são os favoritos de Deus, se acham melhores do que um macaco, um cão, uma barata, um verme! Vaidade! Arrogância! Hoje, apenas uma meia dúzia vai subir ao Reino dos Céus! Justamente esses que foram perseguidos, humilhados, proibidos! Os diferentes! Os mendigos! Os leprosos! As prostitutas! As criancinhas pobres maltratadas! Os que não sabem dar o nó na gravata! Os que andam a pé! Ah! Eu sou maluco! Viva os maluco!

Bye bye, baby, bye bye!

Bum.

Lodaçal

Ocaso, e o Brejo da Cruz é uma cidade, é uma aldeia, é um lodaçal, é umas quatro/cinco casas, é nada, é um brejo em cima de um campo de futebol submerso pelo lodaçal com uma cruz bem no meio do círculo central que nunca fora traçado no campo de terra seca rachada, onde antigamente nunca chovia, antes, até o dia em que um cara, meio padre, meio cangaceiro, mandou acabar com esse negócio de futebol e levantar uma cruz bem em cima do círculo central inexistente daquele lugar meio aldeia, meio campo de futebol, meio nada, fazendo com que, depois de a cruz erguida, passasse a chover demais sobre o campo de futebol sem círculo central, e só sobre o campo de futebol sem círculo central, por milagre de Deus, que existe, fazendo com que o meio nada, o meio cidade de quatro/cinco casas, se tornasse um brejo com uma cruz no meio e sapos, onde chove muito, chove sempre, chove o tempo todo, sem parar, em cima da cidade, da aldeia, das quatro/cinco casas, apenas lá, em cima do campo de futebol lodaçal e quase nunca ao redor, um redor onde só chove raramente, onde há nada, onde há algumas poucas plantações de maconha de uns caras que só aparecem de vez em quando para colher maconha, para plantar maconha, para tratar mais ou menos da maconha e só.

Ocaso, e o Chiquinho e o Toninho ainda não comeram nada neste dia, já que o Chiquinho e o Toninho e todo mundo no Brejo da Cruz só comem sapo, já que nem rã há naquele brejo com uma cruz no meio, e o Chiquinho e o Toninho não aguentam mais comer sapo, mas é ocaso e a lua está nascendo cheia e há a luz da lua, e o Chiquinho e o Toninho sentem um troço por dentro que não é fome, já que o Chiquinho e o Toninho já estão acostumados a não comer sapo, que é uma comida que enjoa logo, que é um bicho que quase não tem carne, já estão acostumados a não comer, já estão acostumados a comer nada, já estão ficando acostumados a sentir um troço por dentro, que é um troço que dá neles sempre que a luz da lua aparece cheia no ocaso. O Chiquinho e o Toninho não comeram nada, o Chiquinho e o Toninho nem têm vontade de comer nada.

Ocaso, e o Chiquinho e o Toninho andando nada adentro, nada afora, o sol sumindo, a lua subindo cheia, aquele troço, aquela luz, lua e estrelas.

Lua, estrelas, o Chiquinho, o Toninho e o maconhal já meio afastados do Brejo da Cruz.

Nas bandas do Brejo da Cruz, criança é nada. Tudo nada. A lua, as estrelas e os pés de maconha seriam nada também, não fosse o troço que dá no Chiquinho e no Toninho e no pai do Chiquinho e no pai do Toninho e em todo mundo que é criança ou já foi criança no Brejo da Cruz. Pode ser muito bom ser nada. E o bom de ser nada, o bom de só se ter sapo pra comer, o bom do nada é que tudo tanto faz, mas normalmente não é muito bom. Tudo, no nada, é vida interior. Poesia isso?

Luz da lua e das estrelas?

O Chiquinho é bem fissurado, gosta demais desse troço que

dá, e acaba de puxar, do shorts meio rasgado, meio nada, aquela página inteira de jornal de quinze anos atrás, cheia de notícias e opiniões e de um monte de palavras e significados que, para o Chiquinho, significam nada, e o Chiquinho vai direto no pé de maconha, pega um punhadão de maconha assim, rasga a página de jornal no meio, joga a metade do punhadão de maconha assim numa metade da página de jornal e a outra metade do punhadão de maconha assim na outra metade da página de jornal. Noite, luz da lua cheia, o Chiquinho, o Toninho e dois charutões enormes de maconha sem valor comercial.

No Brejo da Cruz, mato vale nada, custa nada. É só catar no pé, quanto quiser, quanto o Chiquinho quer. E o Toninho de noite sob a luz da lua.

No Brejo da Cruz, maconha não tem preço, custa nada. O problema é fósforo. O Chiquinho e o Toninho têm uma caixa com três palitos. Depois, só Deus sabe... Deus existe, mas não se importa com palitos de fósforo, não se importa com crianças sem comida sentindo um troço, e caixas de fósforos só aparecem no Brejo da Cruz quando aparece alguém de alguma fazenda meio distante para escravizar alguma criança. Nessas raras ocasiões, as crianças deixam de valer nada e passam a valer um punhado de caixas de fósforos, um punhado de maços de cigarro, um punhado de qualquer coisa que valha um pouco mais do que nada. E o problema das caixas de fósforos no Brejo da Cruz é a baixa produção de crianças próprias para o consumo. Quatro/cinco casas, quatro/cinco famílias é muito pouca matéria-prima para a produção de crianças próprias para o consumo. Então, caçadores de escravos, progresso e caixas de fósforos aparecem muito pouco mesmo no Brejo da Cruz.

Mas até que tem bastante criança no Brejo da Cruz, se a gente levar em conta a baixa quantidade de residências e famílias. É que o pessoal, lá, faz muito sexo. Um nojo!

Então, o Chiquinho e o Toninho têm de acender os dois charutões desse tamanho de uma vez só, usando um palito só. Só que o Chiquinho e o Toninho estão excitados demais, sentindo aquele troço e perdem logo dois palitos, duas chamas, para o vento meio quente, meio desagradável, assim meio grudento, batendo nas chamas dos fósforos e nos corpos meio cremosos do Chiquinho e do Toninho, que não tomam banho, só de chuva, no lodaçal, raramente, praticamente sem querer. Sobra um palito só.

O Chiquinho e o Toninho não são muito inteligentes, é gente de baixa qualidade intelectual, e a única ideia mais ou menos inteligente que eles têm, para não perder o último palito, é botar fogo nos próprios shorts, que no Brejo da Cruz, e mais ou menos perto do Brejo da Cruz, não tem esse negócio de roupa, não. O shorts é só por causa do cara meio padre, meio cangaceiro que botou a cruz no círculo central inexistente do campo de terra rachada, mandou todo mundo vestir shorts, porque, se não, todo mundo pelado ia ficar parecendo índio, e o pessoal do Brejo da Cruz não é índio, não, só mais ou menos, e fez chover, graças a Deus, que existe, muito tempo atrás, quando deixou de poder jogar futebol, quando deixou de poder ficar pelado no Brejo da Cruz e arredores, quando o nada teve um upgrade, deixou de ser nada e se tornou quase nada, se tornou um brejo com uma cruz.

Aí, o Chiquinho e o Toninho conseguem acender os dois charutões de maconha desse tamanho enrolados em duas metades de uma página de jornal com notícias e opiniões de uma época em que o Chiquinho e o Toninho nem tinham nascido ainda, com os shorts pegando fogo.

Aí começou:

A luz, a lua, as estrelas, o nada, aquele troço todo, tudo, ficou tudo mais assim, um pouco mais forte. Nada demais. Só um pouco mais forte aquele troço, aquela luz, e o Chiquinho, que é muito fraquinho, que é muito sem colesterol, sentou-se, depois deitou-se, ficou olhando a lua, as estrelas, absorvendo aquela luz, absorvendo aquela lua, fumando um charutão de maconha desse tamanho, e o Toninho também deitou-se, e o Toninho ficava com aquele sorriso idiota de criança sem nenhum lipídio no organismo, de criança que fuma um charutão de maconha e fica olhando idiota para a lua, absorvendo luz, absorvendo uma sensação assim, um troço assim parecido com vida interior que vem de fora, que vem da lua, aquele troço que aquela luz dava nele, e ele, o Toninho, e também o Chiquinho, claro, o Toninho e o Chiquinho, que nunca aprenderam o significado de nada, significado de palavra nenhuma, que não sabiam nada, que não eram nada, que não têm palavras para explicar aquele troço, que nunca teriam nada, que nem sabiam que havia algo além do nada, ou que nem sabiam que não havia nada além do nada, só aquele troço, aquela luz, aquela eletricidade, então o Chiquinho e o Toninho ficaram imaginando coisas, ficaram imaginando coisas que até poderiam haver, se não fosse o fato de que, para uma criança-nada do Brejo da Cruz, nada há de verdade. Muito louco isso!

O Chiquinho via, não era bem ver, aquele troço, era uma coisa muito louca, uma coisa meio Castañeda, assim, a maior loucura, e o Chiquinho, doidão, imaginava, o Chiquinho sentia as galáxias do céu se expandindo, sóis em disparada, na direção de buracos negros, cercados por planetas, estrelas, cometas, partículas de poeira cósmica, tudo rodando em volta dos sóis, o Toninho rodando em volta de um sol, tudo virando nada, o tempo não mais havendo. Saca essa parada de múltiplas dimensões, essa loucura toda?

O Toninho nunca tinha visto uma televisão naquela vida que o Toninho não vivia, naquela vida que não havia, mas o

Toninho estava vendo televisão, televisão colorida, TV a cabo digital, som estéreo, um jogo de futebol em um campo com círculo central, um campo de grama, e o Toninho nunca tinha visto grama, nunca tinha visto futebol. Futebol, só o pessoal mais velho, que vivia antes do cara meio padre, meio cangaceiro aparecer, é que conhecia, e o Toninho via, ele lá, o Toninho, correndo com a bola que ele não sabia como era, o Toninho, tão primitivo, indo para o gol com a bola... Era o Toninho correndo com a bola, que ele, o Toninho, não sabia o que era, correndo para o gol, que ele, o Toninho, não sabia o que era, na televisão, que ele, o Toninho, não sabia o que era, o Toninho sentindo uma vida interior, a maior loucura.

O Chiquinho, na vida interior, sentindo aquele troço da luz, aquele troço de não ter colesterol nenhum no organismo, aquele troço do charutão de maconha desse tamanho no meio de um monte de pessoas, mas não de pessoas que não havia, como as pessoas que havia no Brejo da Cruz, mas pessoas que havia mesmo, a maior loucura, pessoas que tinham cheiro de pessoas, um cheiro meio ruim, que só era bom porque era algum cheiro e não cheiro nenhum, como o cheiro que ele, o Chiquinho, e o Toninho também, tinha, não tinha. Todo mundo andando, se esbarrando sem parar, e o Chiquinho no meio, com aquele olhar idiota de quem não existe, igual o olhar das pessoas que existem e olham para o Chiquinho como se ele não existisse e, acima das pessoas andando de um lado para o outro, um monte de televisões como essa televisão do Toninho correndo com a bola, todas as televisões com o mesmo campo de futebol, com grama e círculo central, com o Toninho correndo com a bola que o Chiquinho também não sabia o que era, televisões de rodoviária, tapes de jogos de futebol de televisão de rodoviária, jogos de futebol de tempo nenhum, abolição do tempo, rodoviária, lugar nenhum e, em volta das pessoas que não viam o Chiquinho, havia muita luz, muito som, som sem significado, uns caras gritando, uns caras querendo vender coisas que todo mundo sabe que é comida, menos esse pessoal que acabou de chegar neste instante, na maior loucura, do Brejo da Cruz, que acha que comida é só sapo, ou então luz, e umas crianças que não eram exatamente nada, mas quase isso, pegando o resto daquela comida que o Chiquinho não sabe que é comida, no lixo, e um homem muito gordo, sem nenhuma perna, com uma ferida enorme na cara, babando, sentado no chão, gemendo, gritando, pedindo algo que o Chiquinho não sabe o que é, mas é dinheiro, que para o Chiquinho, e para o Toninho também, não vale nada, já que o que vale mesmo é caixa de fósforos.

O Toninho, nessa rodoviária do Chiquinho, com aquele troço, cheio de caixas de fósforos na mão, pelado, distribuindo caixas de fósforos àquela gente que passava, que não queria caixas de fósforos, que não queria nada do Toninho, o Toninho generoso distribuindo seu tesouro. Caixas de fósforos. A maior loucura.

O Chiquinho, que nunca ouviu música, ouvindo música naquele troço, na maior loucura, uma música que o Chiquinho conhecia sem conhecer, vendo um menino que é ele mesmo, o Chiquinho, só que com o cabelo todo arrumadinho assim pro lado, com uma camisa toda abotoada até o pescoço, tocando um tambor, do lado de outro menino que é o Toninho, de camisa abotoada até o pescoço e o cabelo assim arrumadinho pro lado, tocando acordeão e cantando uma música, uma canção que tem umas palavras assim, que para o Chiquinho nada significam: *Amor, Jesus, Impossível, Amanhecer, Pai...* etc.

O Toninho, homem feito, grande e muito gordo, dentro de um carro, o Toninho nunca vai saber que aquilo é um táxi. Mas o Toninho vê. Vê sem saber. A maior loucura. O Toninho gordo dirigindo um táxi, muito nervoso, muito irritado, xingando umas palavras que ele, o Toninho menino, naquele troço, ouvindo, vendo, nunca tinha ouvido, palavras sem nenhum significado para o Toninho menino, o que está dizendo as palavras é o Toninho motorista de táxi: *Mulher, Porra, Problema, Polícia...* etc.

O Chiquinho, achando bom, se achando até bonito, ele, o Chiquinho, cheio de roupas escuras, uns cobertores velhos, umas faixas amarradas na cabeça, um manto de plástico preto, um troço meio trash fashion, cheio de cheiros, o Chiquinho muito velho numa esquina de uma cidade muito grande, cheia de barulhos, cheia daquela gente da rodoviária passando, essa rodoviária que o Chiquinho começou a sentir, o Toninho também, quando começou a sentir o troço da luz, o troço do charutão de maconha sem valor comercial desse tamanho, cheio de vida interior, o Chiquinho e um cachorro muito doente dividindo o resto de uma dessas comidas que o Chiquinho, e o Toninho também, nem sabia que eram comidas: *Gordura de resto de bife, Arroz à piemontesa, Papel higiênico usado...* etc. O Chiquinho falando poesia, pedindo dinheiro, que o Chiquinho não sabe pra que serve, dividindo arroz à piemontesa, que o Chiquinho não sabe que é comida, com um cachorro, misturado com papel higiênico usado.

O Toninho motorista de táxi dizendo, bradando umas certezas, falando cuspindo, que o problema do Brasil é falta de pena de morte, é esse pessoal que não gosta de fazer nada, é esses menino que já começa a ser bandido desde criança bem cedo, vende maconha, estupra, mata só porque é de menor e pode, e não tem pena de morte, aí vem o direitos humanos e solta tudo da cadeia, porque só bandido, só essas crianças que já é tudo bandido é que têm direitos humanos.

O Chiquinho e o Toninho limpando um banheiro numa rodoviária, cheio de cocô espalhado.

O Chiquinho voa no meio de uma galáxia se expandindo, na maior loucura.

Aquele troço da luz da lua, da ausência de colesterol no sangue, aquelas coisas todas acontecendo em algum lugar dentro do Chiquinho e do Toninho.

"Toninho, ô Toninho... Tem muita coisa que a gente nem sabe que tem..."

"Tem..."

O Chiquinho, moleque ainda, deitado numa esquina perto de um poste, dormindo com a cabeça bem quase em cima de um cocô seco, meio humano.

O Toninho não tem pena, não. O Chiquinho roubou o colar da menina. Tem que dar porrada. Todo mundo dando porrada no Chiquinho. O Toninho, inclusive, pisa na cabeça ensanguentada do Chiquinho. Tem que dar porrada.

O Chiquinho num desses parquinhos de diversões meio obsoletos, uma coisa assim de uma época que o Chiquinho, nem o Toninho, não tem a menor ideia, de uns lugares assim meio subúrbio de cidade muito grande, meio Guarulhos, de mão dada com uma menina assim meio que de Tremembé, vestindo um vestido de menina meio que de Tremembé, antigamente, um vestido assim branco, de comprimento abaixo do joelho, laço de fita cor-de-rosa no cabelo meio louro, meio cor nenhuma, comendo algodão-doce, dizendo para a menina de óculos, meio gordinha, "eu te amo" na frente da bilheteria do trem fantasma toda pintada com as figuras de umas vampiras, cabelo negro muito liso, dentes sanguinolentos, uns peitões assim saindo para fora do decote, o Chiquinho e a menina meio feia, meio de Guarulhos com as pernas tremendo, amando na porta do trem fantasma. Poesia?

O Toninho vendo o Chiquinho morrer, pisando na cabeça dele, do Chiquinho, achando que ele, o Toninho, está certo, que o problema é falta de pena de morte. O Toninho, certo, com razão, o Chiquinho já merecidamente passado desta para uma melhor, a menina do colar era meio linda, gostosa, vai, tomando café com leite na mesa de metal da padaria, fiado, achando que está certo pisar na cabeça do Chiquinho já todo ensanguentado. O Toninho cheio de razão.

O Chiquinho olhando para a lua, as estrelas, as galáxias se expandindo, sentindo a relatividade do tempo, a maior loucura, vendo uma caveira, a Morte, já sem um braço, boneco meio quebrado, meio torto, de trem fantasma de subúrbio de antigamente, no trem fantasma de uma cidade subúrbio de um lugar longe com trens fantasmas antigos.

O Toninho no ônibus, alvorada, numa dessas avenidas que vão dar em alguma rodoviária, meio dormindo, babando. Há um assalto no ônibus, uns gritos, uns fantasmas. O Toninho dá uma olhada assim pelo canto do olho seco e grudento. Não foi nada. O Toninho não tem nada a perder para um Chiquinho assaltante de ônibus, roubando relógio, cordão e dinheiro miúdo que não havia com o Toninho. O Toninho já passou pela roleta. Com o Toninho, só uma caixa de fósforos com um palito de fósforo só. Só um.

O Chiquinho e o Toninho, um do lado do outro, num stand de tiro ao alvo com espingarda de pressão, de rolha, naquele parque de diversões de uma cidade que não é grande nem é pequena, ganhando um maço de cigarros velho, muito velho.

O Chiquinho e o Toninho catando guimbas de cigarro no chão, junto com um cachorro, o Chiquinho e o Toninho, numa esquina, meio mal, fumando guimbas de cigarro acendidas umas nas outras, sem fósforo, e comendo arroz à piemontesa, o cachorro só comendo arroz à piemontesa, sem fumar.

Imagine o Chiquinho e o Toninho em um lugar assim muito louco, a maior loucura, cara, com aqueles caras todos vestidos de preto, cheios de cabelo meio assim, e roupas todas assim, músicas dessas assim pra mexer com a vida interior bem com força, pá pá pá, o Chiquinho e o Toninho sentindo muito aquele troço, uns sujeitos de lugar nenhum, lugar do tipo lodaçal com uma cruz no meio, num lugar como este, a maior loucura, cara, vendo uma garota com dentes, com o cabelo todo assim, com a roupa toda assim, toda apertada e rasgada e torcida, se fingindo de meio suja, blusa colante que a garota toda assim vai tirando, olhando para o Chiquinho, passando a língua de um canto ao outro da boca, a língua com uma pedra brilhante no meio, olhando para o Chiquinho, a garota toda assim indo na direção do Chiquinho, e o Chiquinho pelado, com o shorts na mão, pegando fogo. A moça com umas caveiras espetadas no bico dos peitos. Deu medo.

O Chiquinho, o Toninho também, não sabe o que é sexo, mas sabe.

A banda de música no coreto da praça de uma cidade pequena, aquela cidade meio antiga, meio nada, ou cidade meio subúrbio de cidade grande, meio Guarulhos, ou Tremembé, a igreja da matriz, um cinema meio antigo, meio nada, com um cartaz na porta, *Iracema, a virgem dos lábios de mel*, e outro, *Maciste contra a Medusa*, em frente à praça, o coreto no meio da praça, a banda de música e o Toninho tocando trombone de vara, todo suado, errando uma ou outra nota de vez em quando.

"Tem muita coisa que a gente nem sabe que tem, né, Chiquinho?"

"Tem..."

A lua cheia. A maior loucura.

"E são Jorge? Tem?"

"Sei lá."

O Chiquinho, de polícia, batendo num menino que nem ele, o Chiquinho próprio.

O Toninho apanhando de um polícia que nem o Chiquinho. O Chiquinho mesmo. Batendo no Toninho, apanhando muito.

O Chiquinho e o Toninho num andaime, num prédio bem alto, o Chiquinho e o Toninho lá no alto, olhando a cidade enorme, olhando o sol morrendo e a lua nascendo, fumando cigarro, ocaso, o Chiquinho e o Toninho sentindo aquele troço, olhando o sol e a lua, o Chiquinho falando para o Toninho: "Aí eu carquei mesmo. Meti a pica na filha da puta".

O Toninho tomando café com leite numa mesa de padaria, demorando a beber o café com leite para que o café com leite não acabe rápido demais, para que ele, o Toninho, não fique sem nada para fazer e tenha que ir embora logo, ir fazer nada em lugar nenhum. Ou então ir trabalhar, colocar etiqueta de preço em embalagem de farofa, de polenta, de milho de pipoca, de comida que, antes, o Toninho nem sabia que era comida, ficar na portaria do teatro trabalhando de fazer nada o dia inteiro, olhando para a vida interior, mas é trabalho, é ou não é?, trabalho de não fazer nada, que é ainda bem pior do que fazer nada sem trabalhar. O Toninho não acha nada bom, não. Porra, ou a gente trabalha, ou a gente não faz nada, as duas coisas são ruim, mas não fazer nada é menos pior do que trabalhar, é ou não é? E o Toninho fica reclamando do prefeito para o Chiquinho atrás do balcão da padaria, dizendo que bom era o outro prefeito, aquele que alargou aquela avenida pela qual o Toninho nunca passou. Nem o Chiquinho.

O Chiquinho e o Toninho no meio de uma multidão, todo mundo gritando "eu te amo, eu te amo, eu te amo, eu te amo, eu te amo" para alguém em um apartamento no alto de um prédio muito alto, um hotel. O Chiquinho e o Toninho muito emocionados, chorando muito, gritando muito "eu te amo, eu te amo, eu te amo, eu te amo, eu te amo" para alguém em um apartamento muito bonito, no hotel, o Chiquinho e o Toninho amando aquela pessoa lá em cima mais ou menos.

O Toninho sozinho, muito sozinho na padaria quase vazia, sentado numa cadeira de metal diante de uma mesa de metal com um copo com uma dose de Jurubeba em cima da mesa, bebendo bem devagar goles espaçados, pensando com uma cara meio assim, pensando, babando, muito triste poesia. O Toninho, porteiro de teatro à tarde, muito calor, o Toninho todo suado. O ator meio bichinha chega para o ensaio e dá um beijinho na bochecha do Toninho. O Toninho dá uma porrada bem no meio da cara do ator meio bichinha.

O Chiquinho na televisão, num programa de televisão que o Chiquinho nunca tinha visto, o Chiquinho no programa da tarde sendo ridicularizado pelo apresentador por ter desafinado demais quando tentou cantar aquela música do Chico Buarque. O apresentador do programa da televisão ainda deu um chute na bunda do Chiquinho, assim, bem de leve, só de brincadeira, antes do Chiquinho sair do palco meio envergonhado, meio achando legal ter aparecido na televisão.

O Toninho, naquela padaria, ainda enrolando com o café com leite, um golinho aqui, outro ali. O Toninho dizendo para o cara atrás do balcão que antes ele, o Toninho, era esquerda, mas que agora não é mais, não... que nada vai melhorar mais não, que nunca melhorou, que no Piauí era ruim, que aqui em São Paulo era ruim quando ele chegou, que aqui em São Paulo continua ruim, que vai continuar ruim, que ele está até pensando em voltar para o Piauí, mas aí ele sabe que lá é ruim também... então me dá uma Jurubeba aí, ô Chiquinho.

O Chiquinho na Igreja dos Crente, possuído por mil demônios, aos pés do pastor, que grita muito.

O Chiquinho e o Toninho, ainda crianças recém-escravizadas, numa dessas fazendas que os donos pagam umas multas aí

81

mais ou menos e umas caixas de fósforos — é um destino muito provável para o Chiquinho, que é bem fissuradinho, e para o Toninho, que eles, o Chiquinho e o Toninho, se trocassem por umas duas ou quatro caixas de fósforos — para ter umas crianças trabalhando de graça, cortando cana, sem saber que cortar cana é um troço tão ruim.

O Chiquinho e o Toninho, ainda crianças recém-chegadas do Norte, empinando pipa, um ventinho gostoso batendo na cara, bem lá no alto do morro, aquela vista meio bossa nova do Rio de Janeiro, da Baía de Guanabara, aquele troço, fumando uns charutões de maconha desse tamanho, empinando pipa, sem saber que empinar pipa fumando um charutão de maconha desse tamanho e olhando a Baía de Guanabara é um troço tão bom.

O Chiquinho e o Toninho naquele troço, lá perto do Brejo da Cruz, deitados, pelados, a luz, a lua, a estrela, o charutão de maconha desse tamanho, a maior loucura:

"E tem mais coisa depois de lá?"

"Que lá?"

"Lá."

"Não sei o que que é lá, não."

O Chiquinho e o Toninho no andaime, na construção, as pernas assim penduradas, fumando cigarro, dando um tempo:

"Deus é o caralho... Meto a pica mesmo..."

"É por isso."

O Chiquinho lá na Igreja dos Crente, suado, fedendo, aliviado, agradecendo pela graça.

O Chiquinho, ainda criança recém-chegada do Norte, meio deitado na esquina encostado no poste, perto do cocô seco, meio humano, na avenida enorme da cidade enorme cheia de gente, muita gente, o Chiquinho quase pelado, só de shorts, quatro caras de gravata, uns caras assim meio subgerentes, com uns sapatos assim com aquelas solas pesadas. Um dos caras, meio subgerente, vai e pisa meio com força no pé do Chiquinho, e dói a sola do sapato do cara de gravata meio subgerente, sem querer.

O Toninho, todo suado, tocando trombone de vara, errando uma ou outra nota de vez em quando, no coreto da praça da igreja da matriz com o cinema com o filme *Iracema, a virgem dos lábios de mel*, tocando para a moça feia que estava na janela da casa de cidade pequena, ou meio Guarulhos, com banda no coreto e cinema com filmes do Maciste mais ou menos perto de um parque de diversões com bilheterias de trem fantasma com vampiras com dentões ensanguentados e peitões pulando para fora do decote pintadas com um estilo assim meio primitivo, e a moça feia percebendo o Toninho olhando para ela e se sentindo tão feliz, sentindo uma emoção tão grande, um troço tão assim grande, uma percepção de todas as coisas do universo, um troço muito iluminado, ilimitado, sim, Deus há, eu é que sou contra, e o Toninho, um rapaz assim do Norte, magrinho, tímido, de uma sensibilidade atroz, fazendo com que o Toninho fosse perceber, e fosse sentir um troço tão grande dentro dele, a menina meio feia, mas que tinha um troço tão grande nela, um troço tão forte, uma percepção do universo tão profunda, um troço assim, poesia, esse troço de perceber a pracinha, o coretinho, a igrejinha, o menino do Norte tocando trombone de vara, tão lindo errando uma nota ou outra, essa poesia do erro, da fraqueza, da feiura, a menina feia que nunca faria sexo, mas que seria amada percebendo o universo, as galáxias se expandindo, o esforço do Toninho fazendo muito esforço para não errar as notas da música do coreto da praça, tocando pra ela, a menina feia da janela, com igreja da matriz, com cine Iperoig, com sorveteria Cruzeiro, com menina feia da janela de música de outro tempo do Chico Buarque, mas aí já é outra história, sempre errando uma nota aqui, outra ali, sendo amada de verdade, amando de verdade poesia?

O Chiquinho, naquela esquina da avenida enorme, da cidade enorme, perto do cocô seco, meio humano, cheia de subgerentes, o pé meio dolorido por causa do pisão do subgerente, ocaso, o céu ficando alaranjado, os carros todos, um ou outro farol acendendo, o Chiquinho ainda meio criança, recém-chegado do Norte, de um lugar que era só um lodaçal com uma cruz no meio de um círculo central inexistente, olhando para o Toninho do outro lado da rua, encostado no poste, ficando alaranjado, sentindo aquele troço da menina feia da música do Chico Buarque, aquele troço do trombonista que toca mais ou menos mal, aquele troço de perceber o universo se expandindo, sentindo um amor pelo Toninho do outro lado da rua, um Toninho bem mais criança do que ele, este Chiquinho perto do cocô seco, meio humano, sentindo um amor que não tem nada a ver com colocar um órgão sexual dentro de outro órgão sexual, um troço que tem a ver com identificação, um troço de sentir que tem algum troço ali bem perto que sente o mesmo troço que a gente, no caso o Chiquinho do Brejo da Cruz e o Toninho do Brejo da Cruz, um troço que é muito forte, que é muito bonito, que acaba logo porque é só um instante, um momento fora do tempo cronológico, um amor ao próximo, a maior loucura, que passa logo que uma menina meio adolescente assim meio linda, assim de uma beleza que dá é outro troço, troço que tem a ver com órgãos sexuais, mas que também vai além disso, é uma emoção, um troço, que tem a ver com a impossibilidade de se ser amado por algo a que se ama e que provoca a emoção de se imaginar a poesia do impossível, que é a menina linda que passa, a menina que tem todas essas características que tornam ela menina tão linda, impossível para um pré-adolescente meio fedorento, meio nada, perto de um cocô seco, meio humano, só um troço que ele, o Chiquinho, e o Toninho também não, não sabe explicar porque não tem vocabulário suficiente para fazê-lo. A menina linda sem

84

colar tem um pouco de pena do Chiquinho. Mas tem mais pena do Toninho, que na cidade enorme, agora, neste troço que o Chiquinho e o Toninho estão sentindo, nessa loucura assim meio Castañeda, é menorzinho, mais bonitinho e mais carentezinho do que o Chiquinho, que já está meio grandinho e daqui a pouco já vai começar a merecer tomar umas porradas, que é para aprender.

O Toninho na padaria, a décima sétima Jurubeba, com os dentes todos meio podres, com uma barbinha meio rala, magrinho, com o queixo apoiado nas mãos e os cotovelos apoiados na mesa de metal, sofrendo, com lágrimas escorrendo pelos olhos, um sofrimento sincero, profundo, um troço de quem bebeu dezessete Jurubeba, em contato direto, contato astral, espiritual, esotérico, telepático, parapsicológico, aquele troço muito louco de noite, àquela hora em que os caras começam a lavar o chão da padaria, com o Toninho lá perto do Brejo da Cruz, o Toninho ele mesmo ainda criança, ele mesmo, o Toninho, o mesmo da padaria, o mesmo que é todos, ele sentindo o troço, o troço da noite, aquele troço meio Castañeda, a maior loucura, da lua, do barato da Jurubeba, do barato da maconha lá nas bandas do Brejo da Cruz, um contato que é a lembrança do Toninho bebendo Jurubeba e a premonição do Toninho ainda criança, ainda percebendo as galáxias se expandindo, ainda antes de plantar cana, ainda antes de desembarcar na rodoviária, ainda antes de dormir com a cabeça quase encostando num cocô seco, meio humano, ainda antes de tocar trombone no coreto de uma pracinha em frente a um cinema onde passa *Iracema, a virgem dos lábios de mel*, ainda antes de pisar na cabeça do Chiquinho sendo linchado pelos cidadãos de bem, justamente, já que o Chiquinho com o cérebro saindo para fora da cabeça havia roubado o colar de uma menina meio linda, de uma menina que sentia pena de caras como o Chiquinho e o Toninho, meninos assim carentes, antes de empinar pipa no Pavãozinho, alguns anos depois de acender um charutão de maconha desse tamanho com um shorts pegando fogo, incendiado com o último palito de fósforo, o Toninho, na padaria, chorando baixinho, meio poesia, sentindo um troço claro, descobrindo tudo, conhecendo a verdade, aquele troço da Jurubeba, de ter uma experiência extrassensorial consigo, a maior loucura, meio que aquela parada muito louca de se ver de fora do corpo, muito louco mesmo, o Toninho da plantação de maconha, pelado debaixo da lua com o Chiquinho, com todos os Toninhos de todos os tempos, um troço fora do tempo, fora até da noção de tempo-espaço, um troço que é a emoção de ser sozinho sempre, com os dentes todos meio podres, falando merda em padaria.

O Toninho, doidão, lá nas bandas do Brejo da Cruz, lá no tempo do Brejo da Cruz, querendo saber do Chiquinho no tempo do Brejo da Cruz, doidão, sentindo aquele troço: "Você gosta de mim?".

"Sei lá."

O Toninho, na padaria, falando para o cara, acho que o Chiquinho mesmo, atrás do balcão, meio gritando, doidão de Jurubeba, meio que chorando, babando, com os dentes todos meio podres na boca, que ninguém gosta de ninguém, que esse negócio de gostar é coisa que esse pessoal esquerda inventou, que no supermercado onde ele trabalha, o Toninho, aparece os cara esquerda dizendo que a gente tem que ser unido pra enfrentar os dono do supermercado, como se os dono do supermercado fosse inimigo da gente, mas são os dono do supermercado é que dão emprego pra gente, que a gente, eles, ele, o Toninho inclusive, principalmente, é que é preguiçoso, e o Toninho sabe disso por conta própria, porque ele mesmo, o Toninho, detesta acordar cedo e que se ele, o Toninho, eu mesmo, pudesse, ele já vinha pro bar cedo, que nem hoje, e já começava a tomar Jurubeba logo cedo, pra não ter que passar o dia todo no supermercado, arrumando prateleira, botando etiqueta de preço em pacote de milho para pipoca, ou ficar na portaria de um teatro fazendo nada, que ele mesmo, o Toninho, é vagabundo desde criança, eu mesmo é que tô falando, e se eu falo de mim mesmo eu também posso falar dos outros que é tudo vagabundo, que nem o Toninho mesmo, que falava para o Chiquinho atrás do balcão, que ele mesmo, o Toninho, quando era criança e morava num lugar que só tinha quatro/cinco casas e era cheio de plantação de maconha em volta, e ele, o Toninho, ele mesmo falando, ele mesmo confessando a própria preguiça, a própria vagabundagem, só queria saber de fumar maconha, por isso que ele, o Toninho, chorando, babando, com os dentes todos meio podres na boca, bêbado, doidão de Jurubeba, não é nada e tem que passar o dia inteiro no supermercado puxando o saco do supervisor que é direita, ele já falou que é, e agora ele, o Toninho, é direita também, que é pra subir na vida e deixar de ser vagabundo, de ter preguiça de manhã cedo de faltar no trabalho pra ficar bebendo Jurubeba no boteco, que ele mesmo sabe que é errado, que ele, o Toninho mesmo, só porque é preguiçoso, ele, o Toninho, todo mundo aqui é testemunha, veio aqui só pra beber café com leite e acabou tomando dezessete Jurubeba porque é preguiçoso, porque deu muita raiva, deu muita preguiça de ter que ir trabalhar, e isso é vagabundagem, eu mesmo é que estou dizendo, e a partir de hoje quem quiser, qualquer um mesmo, pode me chamar de vagabundo, pode chamar o Toninho de vagabundo, que ele, o Toninho, aceita, que ele, o Toninho, é vagabundo mesmo, que não gosta de trabalhar, que é esquerda, mas agora não, agora ele, o Toninho, é direita, e aí ele vai deixar de ser vagabundo, vai ganhar mais dinheiro, mas a vida não vai melhorar, não, nem assim, porque esse negócio de gostar dos outros, de achar a vida boa, é coisa desse pessoal esquerda que eu não sou mais, o Toninho, que tem que dar mesmo é porrada em bandido, porque bandido em vez de trabalhar fica roubando os outros, tu precisava ver a menina, véio, gostosa, toda lisinha e o cara vai lá e rouba o colar dela, tá errado, tem que dar porrada, só matando, se não o Toninho é que vai ter que pagar o almoço dele, do Chiquinho, assaltante, lá na cadeia, e olha que nem eu, que sou trabalhador, babando, falando cuspindo, tenho dinheiro pra comer todo dia, quando eu era criança eu só comia sapo e agora eu é que vou pagar o almoço do cara lá na cadeia?, porque é a gente, pessoas de bem, que sustenta esses vagabundos lá na cadeia, comendo três vezes por dia, por isso é que tem que dar porrada, pra eles morrerem logo e a gente não ter que pagar, por isso é que agora eu sou direita, o Toninho, na padaria, tomando Jurubeba fiado.

O Chiquinho, no palco do teatro onde o Toninho é porteiro, meio bichinha, meio bichinha nordestina, não consegue disfarçar o sotaque, não consegue disfarçar a bichice, uns dentes de menos na boca, fazendo uma coisa meio de vanguarda, meio releitura de Hamlet, o Hamlet meio bichinha, meio nordestina, meio que com uns dentes a menos na boca, e tinha um troço naquilo, alguma coisa que comoveria a moça feia da janela, alguma coisa que faria a moça feia da janela da música do Chico Buarque sentir amor, o amor pelo Toninho errando as notas, suado, igual o Chiquinho fazendo Hamlet, meio de vanguarda, meio ridículo, meio errado de um jeito diferente do jeito que deveria ser.

O Toninho, meio babando, cheio de remela no olho, pensando que bandido, que cara macho que corre risco, que assalta o ônibus, mas não perturba quem só tem uma caixa de fósforos com só um palito dentro, que é só alguma coisa um pouco mais que nada, até que tudo bem, não aconteceu nada, daqui a pouco eu, ele, o Toninho babando no ônibus, chego, sento lá, o dia todo assim, sentado, vendo, o Toninho na portaria do teatro sentado, vendo, de tarde, depois de noite, aí vem o amaldiçoado da bicha e me beija, o Chiquinho bichinha nordestina de vanguarda, eu, o Toninho que não mexe com ninguém, que não perturba ninguém, que faz sempre a maior força para não existir, para não ser, na portaria do teatro, que não mexe com nada, só vê, e vem o boiola e me beija na bochecha, me beija na cara, que deu até pra sentir a barba. Porra, o Toninho não mexe com ninguém, não fala com ninguém, fica só lá na dele o dia inteiro, olhando alguma coisa dentro dele mesmo, aí vem esse pessoal do teatro, tudo bicha, e beija o Toninho só pra fazer gracinha. Ainda mais o Chiquinho, que nem artista é ainda de verdade, que é tão paraíba quanto o Toninho, um viadinho que também chegou "ontem" do Norte, que nem dente na boca tem, o jeitinho todo de paraíba, só porque começou a andar com esse pessoal boiola do teatro, só porque entrou na panelinha das bicha, agora fica aí, cheio de folga, cheio de intimidade, esqueceu da onde veio, esqueceu que, numa folga dessa, acaba perdendo as tripa pra fora da barriga, esqueceu dos sapos que comeu, dá mais uma Jurubeba. O Toninho bebe fiado, mas sempre paga o que deve. Até hoje sempre pagou.

O Toninho, cheio de razão, chutando mesmo a cabeça do Chiquinho, que é macho, que é bandido que não rouba quem só tem uma caixa de fósforos com um palito de fósforo só, que só rouba relógio, cordão e dinheiro miúdo, mas é com razão, é com justiça, o Toninho até pisando mesmo em pedaço de miolo de cérebro espalhado pelo chão no meio do sangue, o Chiquinho roubou o colar, o Chiquinho é ladrão, o Toninho não é ladrão, é justo o Toninho pisar nos pedaços do cérebro do Chiquinho espalhados no chão no meio do sangue. É ou não é? Ou você acha que é justo o Toninho, que é trabalhador, que tem que botar etiqueta em pacote de milho para pipoca, ou que tem que trabalhar na portaria de um teatro onde só tem bicha, que é um cidadão de bem, pagar as refeições do Chiquinho, que rouba colar das meninas? Dá mais uma aí...

A menina vindo pra cima do Chiquinho, recém-chegado de algum lugar que ele passou, depois de passar por uns lugares do tipo fazenda de cana, rodoviária, rodoviária, estrada, cadeia, albergue, rodoviária, coreto de praça, trem fantasma de cidade subúrbio, coreto de praça de cidade pequena, sentindo um troço por causa daquelas luzes, o Toninho ali do lado, meio paralisado, sentindo aquele troço, perdido, e a menina sem blusa, com umas caveiras espetadas no bico dos peitos, com o cabelo todo assim, vindo, passando a língua pelos lábios, vindo, dando medo, o Chiquinho sem saber o que era aquilo, sabendo, pensando em como ele, o Chiquinho do Brejo da Cruz, que só tinha um palito de fósforo numa noite de lua, aquela luz, o shorts pegando fogo, muito louco, a maior loucura, a menina vindo, os peitos com as caveiras espetadas, a vampira da pintura da bilheteria do trem fantasma da cidade pequena, as meninas das cidades pequenas dos trens fantasmas com vampiras com peitões saindo para fora do decote, foi parar naquele lugar com vampiras de verdade, peitões de verdade, muito som, pá pá pá, o Chiquinho com medo, a menina das caveiras espetadas nos bicos dos peitos olhando para o Chiquinho, passando a língua pelos lábios, o Chiquinho começando a querer, o Toninho querendo, a menina agora dançando bem na frente dele, os peitões, as caveiras espetadas, o Chiquinho com aquela cara de paraíba recém-chegado da Paraíba, a menina rindo da cara de paraíba do Chiquinho, a luz, dançando na frente do Chiquinho, passando a língua pelo beiço, rindo, o Chiquinho querendo, aí aparece um cara com o cabelo todo assim, com um sapato todo assim, todo assim, abraça a menina, beija a menina, o Toninho vendo o carinha todo assim lambendo a língua da menina toda assim com caveira espetada no peito, sem blusa, o Chiquinho achando bonito, meio nojento, meio bonito, meio muito estranho, o Chiquinho até achou que a menina com o cabelo todo assim queria ficar amiga dele, do Chiquinho, que a menina das caveiras espetadas nos bicos dos peitos era um presente da lua, que estava dando aquele troço, lá mais ou menos perto do Brejo da Cruz, do lodaçal, debaixo dos pés de maconha, debaixo da lua, na maior loucura.

O Toninho e o Chiquinho tentando ver ela lá em cima, no meio da multidão gritando "eu te amo, eu te amo, eu te amo, eu te amo", sem saber quem estava lá em cima, no apartamento lá em cima do hotel, sem saber que era ela, tão amada lá em cima, ela, acenando, mandando beijinhos lá de cima, ela, olhando a multidão lá embaixo, ela tão amada, ela vinda lá de um lugar que não tinha nem campo de futebol nem cruz, mas tinha índio perto, tinha escravizador de criança perto, que é uma coisa muito comum perto desses lugares, tinha um Carnaval até que legalzinho, tinha garimpeiro, tinha plantação de maconha, só que com valor comercial, tinha polícia para manter o valor comercial da maconha, tinha polícia para consumir as crianças produzidas nesse lugar que não tinha nem cruz nem campo de futebol, dizendo que, na vida, ela, muito amada, teve que enfrentar muitos obstáculos para chegar até aqui e, mais do que isso, a vida dela era uma grande sucessão de obstáculos, que ela, a quem todos estão dizendo, estão berrando, "eu te amo, eu te amo, eu te amo, eu te amo", tinha tudo para dar errado na vida, mas não, mas que tudo deu certo, com a ajuda de Deus, que agora nós já sabemos que existe, mas eu sou contra, mas que, também, Deus ajuda muito a quem trabalha, a quem se esforça para superar os obstáculos que aparecem pela frente, que ela, artista que veio de um lugar muito pobre e venceu graças ao seu esforço formidável poderia até mesmo ter vendido o corpo para comer, já que, no lugar nenhum, de onde a artista muito batalhadora veio, qualquer menina assim um pouquinho mais jeitosa acaba descambando para a prostituição, mas eu não, eu tenho que me respeitar como ser humano, eu prefiro ter que cortar cana do que vender meu corpo, mas ela não, ela foi levada pelo seu tio que tocava rabeca, viola, um troço desse, e daí nasceu essa ligação muito forte com a música, com os ritmos deste país maravilhoso que eu amo muito, e quando cheguei aqui no Rio, a artista que aprendeu na estrada, com o tio violeiro, que aprendeu a ter uma relação muito forte com a música e com os ritmos maravilhosos deste país maravilhoso, e eu morava num hotel de quinta ali no Catete, insistia, levava minha fita demo pra tudo que é canto, ela ia até cantar e tocar violão debaixo da janela do apartamento de um cara lá de uma gravadora que, hoje, ela prefere nem falar o nome, e cantava em qualquer coisa, em qualquer festival de música desses que há em cidades pequenas com trens fantasmas, coreto, virgens, com uns caras que tinham acabado de chegar do Norte, uns caras que tinham composto umas canções interessantes, mais ou menos, meio ingênuos, o Chiquinho, que tocava violão com corda de aço, e o Toninho, que batia num tamborzinho, o Chiquinho e o Toninho do Brejo da Cruz, que fizeram até faculdade numa cidade meio grande, meio pequena no Norte, e lutou muito, muito até chegar aqui depois de batalhar muito pela carreira, minha carreira é minha vida, sem nunca ter vendido o corpo, e é amada de verdade por essa gente maravilhosa, que larga tudo o que está fazendo, tem gente aí que vem a pé, lá de não sei onde, a pé, vários quilômetros, e passa três dias lá embaixo, gritando "eu te amo, eu te amo, eu te amo", não é bárbaro?, e ela, vendo tanta gente gritando "eu te amo, eu te amo, eu te amo", é tão amada que dá até aquele troço, e ela declara que não sabe, que não tem a menor ideia de por que Deus a escolheu para significar tanta coisa na vida de todas as pessoas, eu amo muito todos vocês, vocês são tudo na minha vida, o Toninho e o Chiquinho, lá embaixo, olhando pra cima, sem saber direito por que estavam gritando eu te amo, sinceramente.

O Chiquinho até já tem idade para saber dessas coisas, já sabe, com o pé doendo, e os subgerentes de um lado para o outro, e lá, junto do cocô seco, meio humano, vê a menina sem colar voltando, meio linda, percebendo, olhando para o Toninho, lá do outro lado da rua, dá até um troço no coração, de verdade, você precisa ver o Toninho, que não sabe nem falar direito, não sabe nada, nada, nada, que acha que a coisa mais valiosa do mundo é caixa de fósforos, que não sabe nem que papel higiênico usado não é comida, a cara dele, umas melequinhas saindo pelo nariz, muito pequeno mesmo, menor do que a idade, o Toninho é um troço e a menina sem colar volta, meio linda, até olha para o Chiquinho, mas se desvia do Chiquinho por causa do cocô seco, meio humano, fica meio nervosa na esquina, esperando o sinal abrir, não espera, atravessa, chega bem perto do Toninho, se ajoelha para falar com o Toninho, pergunta para o Toninho o nome do Toninho, o Toninho, sem colesterol, meio doidão de falta de comer sapo e excesso de coisa esquisita que o Toninho não conhece e vê passar na sua frente, como, por exemplo, um cara, o Toninho, vestido de palhaço vendendo poesia, "poesia", "poesia", "poesia", tadinho do Toninho, o Toninho responde com a boca frouxa que o nome dele é Toninho, a menina sem colar pergunta cadê a mãe do Toninho, e o Toninho vai lá saber, o Toninho com o nariz escorrendo, só de shorts, e a menina faz um cafuné no Toninho, e a menina sem colar não tem nenhuma nota de um real, então tem que dar uma nota de dois reais para o Toninho, sai uma lágrima do olho da menina sem colar, meio linda, e a menina sem colar sente que existe Deus em algum lugar, e Deus existe, olha de novo para o Toninho e crê que um dia Deus vai ser mais generoso com o Toninho e que ele, o Toninho, um dia vai conseguir superar todos os obstáculos e chegar em algum lugar melhor, vai, e o Chiquinho lá do outro lado da rua vendo e sentindo amor, tanto no sentido cósmico quanto no dos órgãos sexuais, pela menina sem colar, meio linda, amando também o Toninho, que era que nem ele, o Chiquinho, uns poucos anos antes, quando ele, o Chiquinho, era recém-chegado do Brejo da Cruz vindo voando ao redor de um sol dentro de uma galáxia se expandindo, e era mais fácil arrumar alguma coisa, qualquer coisa que valha um pouco mais que nada, do que agora, que o Chiquinho já cresceu um pouco e já está na hora de começar a tomar umas porradas para aprender, muito diferentemente do Toninho, que é muito pequenininho, quase lindinho com aquelas melequinhas saindo do nariz, que só vai começar a merecer tomar umas porradas daqui a uns dois anos, para aprender, se durar até lá.

O Chiquinho, então, atravessa a rua só de shorts, fica olhando para a menina meio linda, sem colar, sem nota de dois reais se afastando, que fica olhando para trás com amor ao próximo, lágrimas, para o Toninho, que não sabe o que fazer com uma nota de dois reais ainda, e o Chiquinho vai lá e toma a nota de dois reais da mão do Toninho, arranca umas folhas de uma árvore, rasga a folha em mil pedacinhos e faz um charutinho de folhas com a nota de dois reais, acende o charutinho de folhas com o único palito de fósforo que possui e fuma com o Toninho, no meio dos subgerentes andando de um lado para o outro, fingindo que o Chiquinho e o Toninho não existem.

O Chiquinho e o Toninho, debaixo da lua, deitados, olhando para o céu, para as estrelas, vendo tudo, o futuro, tendo uma experiência extrassensorial, cósmica, meio real, uma visão do futuro, uma visão de Chiquinhos e Toninhos por aí, espalhados por aí, em futuros possíveis, querendo saber, olhando a lua:

"Não tem são Jorge lá, não."

"O que que é são Jorge?"

"Aquelas manchas meio pretas lá."

"Mas eu tô vendo as manchas pretas, então tem são Jorge, sim."

"É."

"E você? Tem?"

"Tem. Olha eu aqui."

"É."

O Chiquinho bate muito no Toninho porque o Toninho rouba, fuma maconha, vende maconha, não faz nada, é vagabundo, tem preguiça de trabalhar em vez de procurar um trabalho, nem que seja ajudar a carregar caminhão em final de feira, o Toninho fica só lá na praça tomando banho pelado no chafariz, cagando no chafariz, e o Chiquinho é polícia e arrisca sua vida diariamente para proteger cidadãos de bem, e o Chiquinho até protegeu o Toninho quando um grupo de cidadãos de bem queria chutar a cabeça do Toninho e pisar nos pedaços do cérebro do Toninho espalhados pelo chão, no meio do sangue, e o Chiquinho impediu e levou o Toninho ali para um canto, ali atrás de onde o Chiquinho e o Toninho iam todo dia fumar crack e sentir um troço assim, uma luz que dava, e deu muita porrada no Toninho, que nem estava ainda na hora de tomar umas porradas para aprender, e foi muita porrada mesmo, e o Toninho sentiu muita dor, e era muito melhor morrer do que sentir aquela dor toda, chute de bota na boca, o Toninho engolindo os próprios dentes, a visão toda turva, mas pelo menos não saiu pedaço de cérebro pela orelha, coisa que ia acontecer se o Chiquinho deixasse o Toninho nas mãos dos cidadãos de bem, pelo menos o Toninho continuou vivo e tanto faz.

O Chiquinho e o Toninho eram felizes ali, limpando o banheiro de uma rodoviária cheio de cocô espalhado. Na hora que ninguém estava vendo, que ninguém estava reparando, quando o chão do banheiro ficava cheio de água, cheio de espuma, cheio de uns produtos químicos, o Chiquinho e o Toninho riam muito, dançavam com os rodos, com os escovões, e cantavam um troço que tinha umas palavras assim: *Gostoso, Pular, Bumbum...* etc., que o Chiquinho e o Toninho sabiam mais ou menos o que significavam.

O Chiquinho, sem nenhum colesterol no sangue, doidão, olhando para uma lua enorme que clareava tudo, uma noite que era um troço, tudo muito estrelado, dá pra ver muita estrela cadente, satélites, disco voador de verdade e veículos aeroespaciais da Nasa sendo testados no céu secretamente, um troço de poesia, o Toninho também, e o Chiquinho, tão sem colesterol, tão sem palavras, tão sem conhecer nada, tão sem precisar das coisas que a gente, animal, precisa, tipo comer, tipo reproduzir, que o Chiquinho era só esse troço de poesia mesmo, de são Jorge, que é a coisa mais cósmica, mais sensível, mais subjetiva, mais metafísica que ele, o Chiquinho, já tinha ouvido falar, por uma velha, a única velha do lodaçal, que tinha falado lá, o Chiquinho sabia lá quando, o Chiquinho não sabia, o Chiquinho sem ter a menor noção de coisa nenhuma, sem noção do tempo, sem tempo dentro dele, sem nenhuma palavra dentro dele para explicar aquele troço que dava, e era um troço que tinha a ver com aquele céu, tinha a ver com amor, tinha a ver com aquele troço que o charutão de maconha dava, tinha a ver com falta de mãe, tinha a ver com a necessidade de dizer para o Toninho que o Chiquinho amava, que ele, o Chiquinho, estava sentindo falta de alguma coisa. O Chiquinho pensando, cheio de vida interior. A bichinha do Chiquinho.

O Hamlet, com uns dentes de menos na boca, naquele apartamento minúsculo, umas doze bichinhas, dois quartinhos e uma salinha minúsculos, quatro bichinhas por cômodo, sendo o Chiquinho a única bichinha artista, a única bichinha de teatro, a única bichinha que tinha uns livros meio velhos, ganhos, roubados, Artaud, Shakespeare, um troço do Saramago que o diretor genial meio de vanguarda mandou todo mundo do grupo de teatro ler, mas que o Chiquinho não curtiu ler, Hamlet o Chiquinho leu, mas achou chato, achou aquela linguagem nada a ver, mas teve que ler por ser ele, o Chiquinho, o próprio Hamlet, o Chiquinho, que um dia ia ser um ator famoso, ia aprender a disfarçar a bichice e, principalmente, o sotaque nordestino, e um livro que o Chiquinho lia todo dia um pedaço, que era para esquecer logo do Brejo da Cruz, da plantação de cana, dos três meses em que dormiu na rodoviária, recém-chegado do Norte — *Pense e fique rico* —, e o Chiquinho dizia para suas colegas de apartamento, que trabalhavam de manicure, ajudante de cabeleireiro, balconista de padaria, prostituto, faxineiro, bilheteiro de companhia de ônibus na rodoviária etc., que ler é uma coisa muito importante, que ser bicha já é uma coisa muito dura e que ser bicha ignorante é ainda muito pior, por isso ele, o Chiquinho, Hamlet bichinha com sotaque nordestino, lia alguma coisa todo dia e, assim, um dia ele seria considerado um grande ator, seria alguém na vida e os outros, que eram umas bichinhas ignorantes, sem ambição na vida, iriam envelhecer e acabar dormindo na rua, morrendo de aids. O Chiquinho, lá, de noite, com uma vela acesa para não incomodar as outras bichinhas, lendo *Pense e fique rico*, lendo Artaud, imaginando a entrevista que um dia daria para aquela moça da televisão, dizendo o quanto ele, o Chiquinho, batalhou muito para chegar até aqui, no topo, com centenas de pessoas gritando lá embaixo, inclusive o Chiquinho e o Toninho, desempregados, sem nada melhor para fazer, "eu te amo, eu te amo, eu te amo, eu te amo", o quanto o Chiquinho tinha tudo para dar errado, uma criança que só tinha sapo para comer, que trabalhou honestamente como criança escrava cortando cana, sem reclamar, sem roubar, sem vender o próprio corpo, estudando muito, lendo muito, sempre disposto a aprender porque quem tem garra e força de vontade, quem trabalha com afinco, quem nunca se acomoda sempre alcança um lugar ao sol, por isso faço questão de jamais esquecer o meu passado, de sempre aprender com as situações difíceis, mesmo hoje, que sou famoso, o Chiquinho continua a aprender, continua fazendo de sua história uma lição de vida.

O Toninho correndo com a bola pela lateral do campo, na televisão, na rodoviária, lá mesmo, no campo mesmo, o Maracanã, o Toninho lá correndo com a bola, jogando na lateral direita, o Toninho, que foi colhido em uma peneira, num campo de subúrbio perto de um parque de diversões, com o Chiquinho namorando uma menina meio feinha, atrás do trem fantasma, botando a mão sob o sutiã da menina com saia de comprimento abaixo do joelho, mas sem botar a mão por baixo da saia da menina meio feia, com um sutiã démodé meio grande demais para os peitos pequenos da menina meio de Guarulhos, porque botar a mão debaixo da saia, nos órgãos genitais, aí já é demais, e toda aquela poesia do Chiquinho todo suado, todo nervoso, todo amando muito, se esforçando muito para acertar as notas da música de coreto em frente à igreja da matriz, se perderia, e aquele troço ia acabar virando só umas carnes meio cremosas se esfregando umas nas outras, e que foi levado pro Rio pra fazer outras peneiras, jogou no juvenil do Vasco, foi emprestado para um clube do subúrbio onde tinha um cinema que sempre passava os filmes do Trinity e uns filmes que apareciam as bundas e os peitos das mulheres, mas nunca apareciam os pelos pubianos das mulheres, das atrizes, algumas do Brejo da Cruz, que enfrentaram todos os obstáculos para chegar aonde chegaram e vencerem, e ficou lá mesmo, no subúrbio, jogando de vez em quando no Maracanã, na lateral direita, marcador mesmo, sem esse troço de avançar, de cruzar bolas na área, já que o time cujas cores o Toninho defendeu nunca avançava, nem quando jogava contra outros clubes de subúrbio, já que o time do Toninho era um dos piores times do campeonato, mas não o pior, era um time que não era nem o mais pior, era um time que não era mais em nada, e o Toninho jogou futebol até os trinta e cinco anos, sempre sendo nada, sempre correndo pela lateral direita, só pensando, vivendo só a vida interior, e depois foi trabalhar de bilheteiro de trem fantasma do subúrbio, e sempre olhava para a bunda das mulheres, que tinham que empinar a bunda assim para entrar no carrinho do trem fantasma, e tinha umas, de saia, que dava até para ver a calcinha, correndo, um desses caras que a gente já viu jogar centenas de vezes na televisão, mas que nunca reparou mesmo, nunca prestou atenção, Toninho toca para o lado.

O Chiquinho fez tudo direito e aproveitou todas as oportunidades que a vida ofereceu a ele, o Chiquinho, que fumava uns charutões de maconha desse tamanho, pelado, no maconhal, debaixo da lua, com o Toninho, o amigo dele, que sumiu um dia, assim, voou, pronto, o Chiquinho nem sabe, mas o Toninho virou motorista de táxi em São Paulo e diz que tem que dar porrada mesmo, que ele mesmo, o Toninho, tinha um colega, o Chiquinho, que vinha de uma cidade na fronteira do Paraguai, que também tinha uns maconhais perto, junto com a mulher e o filho pequeno, no carro, parado no sinal, aí vieram dois moleques desses aí, tipo Chiquinho e Toninho, deram três tiros, um pra cada um, mataram os três, e sabe de quem é a culpa?, a culpa é do direitos humanos, e o Chiquinho soube transformar cada dificuldade em aprendizado, em força para seguir adiante rumo a um futuro melhor, rumo a uma vida mais digna, e foi assim, com esse espírito de luta, de desbravamento, que o Chiquinho se trocou por duas caixas de fósforos e foi, feliz da vida, ser escravo descascando mandioca e ficou lá, descascando mandioca com o facão, umas dez/doze horas por dia, todo cremoso, fedendo, com meleca escorrendo pelo nariz, até que apareceu a reportagem. O pessoal da reportagem filmou o Chiquinho, o pessoal da reportagem se comoveu tanto com o Chiquinho lá, já meio longe do Brejo da Cruz, ele, o Chiquinho, dizendo que ele, o Chiquinho, tudo que pensava era um dia poder ir à escola para brincar com outras crianças e aprender alguma coisa para fazer algum trabalho que não fosse tão ruim como descascar mandioca, que deixa nós tudo cortado, olha aqui, e os caras da reportagem perguntaram para o Chiquinho se ele, o Chiquinho, tinha consciência de que aquele trabalho de descascar mandioca era um trabalho nada indicado para crianças, se o Chiquinho tinha consciência de que ele, o Chiquinho, era um escravo, mas o Chiquinho não sabia o que era consciência e também não sabia o que era escravo, e a diretora de produção da reportagem começou a chorar convulsivamente, e todos da reportagem resolveram levar o Chiquinho para bem longe daquele lugar mais ou menos perto do Brejo da Cruz, e levaram o Chiquinho para São Paulo, e o Chiquinho foi adotado legalmente pela diretora de produção da reportagem, e o Chiquinho foi matriculado em uma escola, escola boa, e no começo o Chiquinho, que era meio atrasado, meio primitivo, vivia sendo maltratado pelas crianças da escola, que eram muito mais adiantadas e civilizadas do que o Chiquinho, e viviam chamando o Chiquinho de pretinho fedido, de debiloide, de cabeça de melão, de baiano, de cagão, porque até o primeiro dia de aula o único banheiro que o Chiquinho tinha conhecido na vida era o banheiro do apartamento da diretora de produção da reportagem, e o Chiquinho nunca tinha visto esses mictórios de banheiros masculinos e o Chiquinho, então, no primeiro dia de aula, no intervalo, se sentou em um mictório do banheiro masculino da escola boa e fez cocô lá, aí os outros meninos, que nunca tinham fumado maconha na vida, viram o cocô do Chiquinho no mictório do banheiro masculino da escola boa e passaram os dez anos seguintes xingando o Chiquinho, batendo no Chiquinho, sacaneando o Chiquinho, isolando o Chiquinho do resto da turma, fazendo o Chiquinho sofrer muito, só de sacanagem, o Chiquinho sempre se sentindo uma pessoa pior do que as outras, o Chiquinho sentia uma infelicidade que crescia junto com a consciência dele, do Chiquinho, da percepção dele, do Chiquinho, de que ele, o Chiquinho, não tinha berço, não tinha mãe — a diretora de produção da reportagem sempre deixou claro que ajudaria o Chiquinho em tudo o resto da vida, como se ele fosse um filho mesmo, mas que o Chiquinho, que foi adotado pela diretora de produção da reportagem já com uns onze anos de idade, não era filho de verdade, já que ela, a diretora de produção da reportagem, não havia acompanhado o crescimento do Chiquinho desde o nascimento, faltando assim, aquele verdadeiro amor materno, não, não é exatamente isso, é que a diretora de produção da reportagem tinha consciência de que não tinha instinto materno em relação ao Chiquinho, era só pena — e mesmo assim o Chiquinho continuou lutando, sendo um ótimo aluno, tirando as melhores notas da turma, fazendo com que a turma também chamasse o Chiquinho de cdf, nerd etc., e nenhuma menina queria namorar o Chiquinho, e ele se formou na escola, passou no vestibular de forma brilhante, o terceiro colocado para o curso de comunicação social da maior universidade da América Latina, onde até conseguiu fazer amigos que, de certo modo, eram até amigos mais ou menos verdadeiros, e namoradas que se apaixonaram mais ou menos de verdade por ele, o Chiquinho, e o Chiquinho se tornou um excelente jornalista, se tornou um cara de televisão, fazendo reportagens impressionantes sobre brasileiros muito pobres, escravos, crianças abandonadas, crianças que trabalhavam para o tráfico de drogas, crianças que foram brutalmente mortas por grupos de extermínio sem nunca ter puxado o saco de chefes e patrões, sem nunca ter feito nenhum joguinho de autoimagem para ganhar promoções ou manter seus empregos, sempre falando a verdade, sempre guardando as verdades que eram confidenciadas a ele, o Chiquinho, sempre sendo leal com os amigos até um dia. Mas, você sabe, cada qual com seus problemas, e o Chiquinho, naquele complexo de inferioridade inultrapassável, mesmo tendo superado os piores momentos de sua existência, ainda se sentia desconfortável diante da vida, diante das outras pessoas, principalmente das pessoas a quem admirava, de quem gostava, a quem esperava agradar. Lá pelos quarenta anos de idade, o Chiquinho mal se lembrava de que havia sido um menino do Brejo da Cruz, que não sabia de nada, fumava maconha sob o maconhal olhando para a lua, sentindo uns troços, vendo uns troços, imaginando futuros, com o Toninho, mal se lembrava da escravidão, embora sentisse, já cheio de amigos que gostavam de ouvir as histórias que o Chiquinho recolheu nas inúmeras reportagens que fez pelo Brasil adentro, que gostavam de sua honestidade, seu bom caráter, seu low profile, sua humildade mesmo, mal se lembrava de que alguma coisa ainda estava sempre doendo lá dentro, na vida interior, e, você sabe, sensibilidade demais atrapalha, honestidade demais atrapalha, caráter demais atrapalha, low profile demais atrapalha, todo mundo gosta dos fortes, e o Chiquinho nunca conseguiria eliminar de si aquela fraqueza interior, aquela falta de amor-próprio interior, então, aos quarenta anos, idade em que os bons profissionais de qualquer área estão no auge, o Chiquinho, jornalista consciente, respeitado, até amado pelos colegas, pelos amigos, amigos até mais ou menos de verdade, apesar do lodaçal interior, que conseguia até sentir uma certa segurança em relação ao futuro, digo isso me referindo a dinheiro, que é a coisa mais importante que existe, uma certa segurança também em relação aos amigos, começou a perceber que os colegas da televisão, alguns amigos quase irmãos, diminuíam o volume da voz quando ele entrava na sala, que alguns amigos quase irmãos ficavam perguntando, mais do que de costume, sobre a possibilidade do Chiquinho conseguir outros trabalhos, sobre os freelances que o Chiquinho poderia fazer eventualmente, que alguns amigos quase irmãos, na redação da televisão, estavam sempre na sala da chefia, conversando com o chefe sobre algum trabalho específico para o qual o Chiquinho não fora convocado, que quanto mais os amigos quase irmãos se afastavam dele, do Chiquinho, mais os amigos quase irmãos tratavam o Chiquinho com simpatia, com condescendência, o Chiquinho percebeu que seus colegas de trabalho, alguns amigos quase irmãos, não falavam mais de trabalho com ele, o Chiquinho.

Aí, um dia, o chefe do Chiquinho chamou o Chiquinho na sala dele, do chefe do Chiquinho, e demitiu o Chiquinho porque o Chiquinho era muito sensível, tinha muito caráter, era um ótimo profissional, mas, você sabe, aqui na televisão, somos escrotos? Somos. E não podemos perder tempo com excesso de sensibilidade, com jornalista que não tem estômago para a crueldade do mundo, que, além do trabalho, o cuidado com a imagem pessoal não pode ser deixado de lado, que é melhor para você escrever poesia, quem sabe até fazer um filme pessoal, pô, Chiquinho, você é muito mais artista do que jornalista, você escreve tão bem, pode usar esse talento todo que você tem para fazer cinema, literatura, qualquer coisa assim, mas eu vou ver se arrumo alguma coisa pra você com um amigo meu que eu tenho aí. Aí, de vez em quando, um amigo quase irmão liga de vez em quando, fala que qualquer hora dessas a gente precisa tomar uns negócios por aí e botar a conversa em dia, e alguns amigos, quase irmãos, de vez em quando, cada vez mais raramente, arrumam um freelance ou outro para o Chiquinho. Mas você sabe, o Chiquinho ficou fora do mercado muito tempo, já passou da idade de aprender coisas novas, o pessoal da televisão agora é gente jovem, sem vícios de linguagem, e o Chiquinho foi virando ele mesmo de novo, sem mãe, sem dinheiro, sem trabalho, dormindo no albergue, e encontrou o Toninho numa esquina catando guimbas de cigarro pelo chão, e o Chiquinho pergunta para o Toninho o que ele, o Toninho, tem feito nesses anos todos desde que saiu do Brejo da Cruz, e o Toninho não sabe responder, o Toninho está com uma cara de maluco, os olhos vidrados, a boca seca, a calça toda cagada, e o Chiquinho acha uma guimba de cigarro no chão e pede fogo para o Toninho e o Toninho tira uma caixa de fósforos de um saco, tira o único palito de fósforo de dentro da caixa de fósforos e acende a guimba do Chiquinho, e o Chiquinho e o Toninho seguirão juntos até a morte, com um cachorro, fumando guimbas, comendo gordura de resto de bife e arroz à piemontesa com papel higiênico usado, que agora o Chiquinho e o Toninho sabem que é comida, e a diretora de produção da reportagem morreu há muito tempo, atropelada por um ônibus dirigido pelo Toninho, que perdeu o táxi, quando atropelou um amigo quase irmão do Chiquinho, que estava com muita pressa para chegar na televisão e não ser demitido por chegar atrasado, e foi atropelado, e o corpo dele, o amigão do Chiquinho, amassou o carro do Toninho todo e o Toninho, irresponsável, estava com o seguro vencido e ficou sem carro, ficou desempregado um tempão perambulando pela cidade procurando algo, até arrumar o emprego de motorista do ônibus que avançou o sinal, o Toninho dizendo que essas mulher é que atrapalha o trânsito, na faixa de pedestre, e pra mim não tem direitos humanos nenhum.

O Chiquinho e o Toninho eram bons naquele troço de ganhar maços de cigarro no estande de tiro de espingarda de rolha à pressão do parquinho de diversões de subúrbio e ganharam vários maços de cigarro velhos e ficaram fumando, na maior alegria, sábado, dia de folga, andando pelo parquinho de diversões, tentando pegar mulher. E tinha duas dando bola, comendo cachorro-quente encostadas na carrocinha de cachorro-quente do Toninho, que tinha o maior orgulho da limpeza de sua carrocinha e da qualidade da maionese que a mulher do Toninho fazia pra botar nos cachorros-quentes e tocava uma música que deixava o Chiquinho, aquele cara sensível, meio emocionado, uma música que falava de um grande amor, e o Chiquinho tinha um grande amor na vida interior dele sabe-se lá por quem ou pelo quê, e o Chiquinho gostou, foi com a cara da mulher que era até um pouco gordinha e tinha o rosto meio feinho, e não tinha bunda, e usava uma saia comprida demais, um sutiã grande demais, mas tinha um troço nela, um troço que deve ter a ver com vida interior, com uma sensibilidade apurada para as coisas do universo e do amor, um troço de conseguir perceber poesia nas coisas mais banais, como um trombonista de bandinha de coreto tentando acertar mas sempre errando uma nota aqui, outra ali, ou no olhar triste do Chiquinho, que queria mesmo era amar e não fazer sexo, mas o Toninho, ali, era meio cafajeste e só falava em bunda, em peito, em meter a pica e pronto, e o Chiquinho, para o Toninho não achar que ele, o Chiquinho, era viado, tinha que ficar rindo das palavras feias que o Toninho falava, tinha que ficar falando coisas nojentas e escrotas sobre os órgãos sexuais das mulheres, sobre as mulheres em geral, e o Chiquinho, já começando a amar, a sentir um troço muito forte dentro dele, o Chiquinho, a menina meio feinha, meio gordinha, meio sem bunda, cheia de sensibilidade, teve que concordar, com uma gargalhada forçada, quando o Toninho disse que a menina meio feinha era um saco de banha, com bunda de grilo, com cara que dava até medo, pior que as caras dos bonecos do trem fantasma, mas que tudo bem, buceta é buceta e é só socar a pica na mocreia, que buraco é buraco e o Toninho foi empurrando o Chiquinho para cima das duas meninas meio fei-

nhas do subúrbio, ou do interior, na carrocinha de cachorro-
-quente do Toninho, e o Toninho, que era mais soltinho, mais
assanhado, já foi pegando a menina meio feinha, mas não tão
feinha quanto a menina meio feinha sem bunda, que o Toninho
deixou para o Chiquinho, o Toninho é foda, sempre foi um pouquinho mais esperto do que o Chiquinho, e o Chiquinho e o
Toninho ficaram meio que sem assunto com as duas meninas
meio feinhas e foram levando as meninas meio feinhas para uns
cantos do parquinho de diversão com um trem fantasma que tinha um boneco sem braço, já que o braço do boneco, que era
uma caveira, que era a Morte, deu cupim, e o Toninho levou a
menina meio feinha dele para um matinho que tinha ali perto
do parquinho e socou a pica nela, na menina meio feinha menos
feia do que a menina meio feinha que ficou com o Chiquinho
e, depois de ejacular dentro da menina meio feinha e deixar a
menina meio feinha grávida, esperando um Chiquinho, ou um
Toninho mesmo, deixou ela lá, encostada na árvore, sem saber
por que ela, a menina meio feinha que deu para o Toninho,
sempre acabava dando para caras assim, feito o Toninho, que não
tinham coração, mas o Chiquinho tinha, esse é que é o problema, e não meteu a pica na menina meio feinha sem bunda, ficou
só lá, atrás do trem fantasma, beijando a menina sem bunda,
passando, de vez em quando, a mão nos peitinhos quase inexis-
tentes da menina meio feinha sem peito, debaixo do sutiã démodé, só pra dizer para o Toninho, depois, que tinha feito alguma
coisa, qualquer coisa, com a menina meio gordinha, alguma
sacanagem, mas a menina meio feinha, meio sem bunda e sem
peito, mesmo convicta de que não cederia a qualquer tentativa
mais ousada do Chiquinho, mesmo convicta de que não deixaria
o Chiquinho se aproximar de forma alguma dos órgãos genitais
dela, mesmo assim achou o Chiquinho meio bundão, apesar de
uma gracinha tímida e desajeitada, o Chiquinho, com aquela

mão suada, passando aquela mão suada assim, sem pegada, em cima dos peitinhos dela. Aí, a menina meio feinha, meio sem bunda, arrumou uma desculpa, deu um beijo na testa do Chiquinho e foi para a pracinha da igreja da matriz, da sorveteria Cruzeiro, ficar olhando para o Toninho tocando trombone, apaixonadíssimo por ela, menina sem peito e sem bunda, sensível para com a expansão das galáxias, com muito amor, um amor que não tem nada a ver com esfregar carne em carne, mesmo sem nunca ter ouvido falar em expansão das galáxias.

A bichinha do Chiquinho, com o cabelo todo arrumado assim, que nem homem, chegando no teatro com o olho todo roxo e o Toninho, sério, sem falar nada, vendo, sentado no banquinho da portaria, fazendo nada, olhando para dentro, se dirigindo, junto com tudo, com tudo, para um buraco negro, vendo aqueles meninos, ele, o Toninho, lá, pelados, fumando maconha ao pé do maconhal, a lua, a poesia, e o caralho, vislumbrando parquinhos de diversões, com umas luzes, umas lâmpadas pintadas de amarelo, de alaranjado, até de roxo, e o Chiquinho, toda profissional, toda se contendo, pensando e ficando rico, focado, o problema do Toninho, na carreira invisível dele, do Toninho, na lateral direita de um time que não era o melhor em nada, nem em ser o pior, aquele lateral direito que joga num time assim, Friburguense ou coisa parecida, e de vez em quando a gente vê o Toninho lá, na lateral direita, correndo com a bola, e nem registra, nem se dá conta, o Toninho já apareceu até em close, a câmera fechadaça na cara de paraíba dele, a pele meio ruim, e a gente nem olhou, nem viu, a gente nunca focou um olhar sequer no Toninho, é que o Toninho nunca estava focado na lateral direita, ele ficava era num troço lá dentro dele, do Toninho, na lateral direita, e o Chiquinho agora sacou esse troço de estar focado, lendo *Pense e fique rico* e um outro troço de disciplina que o artista, o ator de verdade, deve ter, que o diretor dele mandou o Chiquinho ler, o Chiquinho estava sempre aprendendo, para um dia atingir todos os seus objetivos, depois de superar todos os obstáculos, muito diferente do Chiquinho, lá na esquina da avenida enorme, perto do cocô seco, meio humano, que não tem fibra, não tem garra para superar todos os obstáculos, que daqui a pouco, depois de fumar folha de árvore normal, numa nota de dois reais, junto com o tadinho do Toninho, com aquelas melequinhas saindo do nariz, fumando folha de árvore, só por reflexo condicionado, por causa da saudade do maconhal lá perto do Brejo da Cruz, vai fazer merda e vai tomar um monte de porrada, que já está na hora, para aprender, e não vai perder o foco nessas gracinhas de ser bichinha, de ficar dando beijo na bochecha do porteiro, só pra fazer pose, só pra fazer esse tipinho do ator bichinha, ainda meio tolinho, recém-chegado do Norte, com uns dentes de menos na boca, morando num apartamento com um monte de bichinhas ignorantes, tipo manicure, tipo faxineira de puteiro, o Toninho, o Chiquinho, o Toninho, o Chiquinho, todo mundo vindo do Brejo da Cruz, já esquecendo da escravidão, pensando em sexo anal, sem foco em nada, só pra tentar ficar meio parecido com as outras bichinhas do grupo que fazia uma releitura, assim meio de vanguarda do Hamlet, e o Chiquinho, agora, viu que o único jeito de alcançar seus objetivos, de se tornar um ator de verdade, de ser aquele troço que ele, o Chiquinho, achava ser a coisa mais fascinante que existe, aquela coisa de extrapolar as necessidades básicas da gente, animal, comer, reproduzir, fazer sexo anal, arte, era focar mesmo nos objetivos, tirar aquele sorriso idiota de bichinha da cara e passar direto pelo Toninho, dizendo apenas bom-dia sem olhar na cara, e o Chiquinho aprendeu tanto! O Chiquinho conheceu o mundo todo, sempre estudando, entrou para o grupo de um diretor que exigia muito que seus atores nunca se descuidassem da cultura, que, em vez de ficarem por aí de noite, em Zurique, tomando todas, fazendo sexo anal, tinham é que ir deitar cedo, ler muito, aprender sempre, para no dia seguinte visitar os museus e aproveitar essa oportunidade enorme que estavam tendo, essas bichinhas nordestinas, o Chiquinho se dedicou a isso mesmo, a aprender, e ele ficou muito importante, e ele foi para a televisão, ele deu entrevistas dizendo como ele, o Chiquinho, que vinha de um lugar que era um lodaçal com uma cruz no meio, superou todos os obstáculos e alcançou todos os seus objetivos, e para o Chiquinho, agora, depois de ter conquistado merecidamente o seu lugar ao sol, já que nunca roubou o colar de uma menina meio linda, toda lourinha, véio, dizia o Toninho, lá na padaria, tomando já a nona Jurubeba, chorando muito, todo babado, fedendo, falando cuspindo, ele, o Chiquinho, transitava livremente entre o teatro, o cinema e a televisão e, depois, menos teatro, menos cinema, o Chiquinho, sempre na televisão, eternamente, se tornando aquele cara, aquele ator que a gente passa a vida toda vendo na televisão, sem nunca perceber o cara, o ator fazendo papel de jagunço em novela de coronel nordestino, na televisão, cada vez menos, morrendo, ali na padaria, onde todo mundo falava com ele, o Chiquinho, a celebridade daquela esquina, a celebridade da padaria onde o Chiquinho tossia uma tosse toda cheia de catarro, o nariz vermelho, sem foco, totalmente sem foco, envelhecendo, morrendo, com aquela tosse, na padaria, sem nunca mais ter feito sexo anal, no balcão, de costas para o Toninho todo babado, com a cara toda melecada, dizendo que agora acabou esse negócio de esquerda, a partir de agora vai ser tudo direita, vou acordar, vou direto pro trabalho, vou pregar as etiqueta direitinho, não vou ligar pros boiola do teatro a partir de agora, o Toninho ia ficar focado em fora de si, diferente do Toninho, que não focava na lateral direita, que só focava para dentro de si mesmo e acabou não sendo visto, nem quando apareceu em close, erro do editor de imagens, cuspindo assim o maior catarro nojento bem na hora do close, e ninguém viu, e o Toninho, educadamente, corretamente, sem nenhum amor ao próximo, diz bom-dia para o Chiquinho, quando o Chiquinho entra no teatro com o olho todo roxo e diz bom-dia para o Toninho, focado, cumprindo cada qual a sua missão, para tentar alcançar, cada qual com seus problemas, os seus objetivos no futuro.

O Chiquinho também chegou longe e estava no caminho certo, já pronto para começar a superar obstáculos, para alcançar todos os seus objetivos. Nascer onde o Chiquinho nasceu, e chegar até aqui, onde o Chiquinho está agora, nesta enorme avenida, andando com um grupo de subgerentes, assim meio devagar, aproveitando ao máximo esta hora de almoço, falando sobre a bunda das secretárias lá da firma e até de umas meninas da faxina que dava pra comer, eu comia, porque a Chiquinha é feia, mas tem um rabo! Certo, o terno é meio barato, meio mal caído, e brilhantina no cabelo e o Chiquinho mora numa pensão de quinta no Catete, e o Chiquinho é meio burro, meio idiota, e o Chiquinho tem todas essas qualidades necessárias, fundamentais, para ser um subgerente, mas a gente não pode esquecer de onde ele veio, daquele lugar lá onde o pessoal nem era animal mais, nem pensava mais em comer, pensava já a nível de poesia, já a nível de luz, bastando para isso que batesse uma luz meio assim, no ocaso, com o sol morrendo e a lua nascendo ao mesmo tempo, e o maconhal lá, sem valor comercial, aquela loucura, a gente não pode esquecer que o Chiquinho já foi até escravo, que o Chiquinho deixou de ser analfabeto só aos quinze anos, com muito esforço, superando todos os obstáculos para chegar até aqui, na avenida enorme, com um sapato com a sola pesada, falando da bunda de uma secretária com um grupo muito divertido de subgerentes, indo comer no restaurante por quilo, pisando no pé do Chiquinho como se o Chiquinho nem existisse, com aquela cara idiota de criança sem colesterol que acha que vai subir na vida só porque anda de terno, mesmo meio démodé, com um grupo de subgerentes, falando da cara feia da Chiquinha, que é meio paraíba, mas tem um rabo! O Chiquinho vendo a menina meio linda, sem colar, passando, atravessando a rua, falando com o Toninho do outro lado da rua, um trocinho assim cheio de melequinha saindo pelo nariz, a menina com lágrimas escorrendo pela face, a menina sem colar dando uma nota de dois reais para o Toninho, o Chiquinho junto com o bando de subgerentes indo, indo, virando a esquina, o Chiquinho atravessando a rua, a menina sem colar, meio linda, também indo embora, sem colar nenhum no pescoço, o Chiquinho e o Toninho fumando folha de árvore na nota de dois reais, o Chiquinho voltando com a turma de subgerentes, reclamando, dizendo que a porra da fila do banco não dá, que não dá tempo de pagar conta e almoçar nesse horário de almoço, mas que tudo bem, também, o que importa mesmo é o trabalho, o meu trabalho é a minha vida, o cérebro do Chiquinho e do Toninho, lá mais ou menos perto do Brejo da Cruz, sob o maconhal, a luz da lua etc., tendo umas loucuras assim no cérebro, o Chiquinho tossindo lá na padaria, bebendo acho que é vodca com Coca-Cola, falando que ali todo mundo é ignorante, que ele, o Chiquinho, conhece o mundo todo, o Japão até, a Austrália, que ele, o Chiquinho, já trabalhou até com o diretor desse filme aí que tá passando, que ganhou Oscar, mas que Oscar não vale nada para ele, o Chiquinho, ex-bichinha, que filme que ganha Oscar não tem nada a ver, que vocês precisavam é conhecer cinema de verdade, conhecer o mundo de verdade, porque vocês passaram a vida toda aqui, no boteco, nessa padaria, bebendo, fingindo que vocês já fizeram alguma coisa importante na vida, mas vocês não fizeram é nada, só ficaram aí bebendo, falando merda, eu até posso estar aqui agora, bebendo, assim meio acabadão, mas eu já vivi muita coisa, agora tanto faz, o médico disse que se eu não parar de beber eu vou morrer logo, meio ano, um ano no máximo. Aí eu bebo mesmo, já vivi, não é que nem você aí, não, fica aí gritando, babando, bebendo Jurubeba, vê se isso é bebida de gente, reclamando do governo, reclamando do trabalho, reclamando, reclamando, você só é ignorante, nem sabe o que é esquerda, o que é direita, e fica aí falando merda, e o Toninho respondendo, babando, falando cuspindo, dez Jurubeba, a turma de subgerentes passando na porta, o Chiquinho, que o máximo aonde vai chegar é nessa subgerência de merda aí, e vai morrer de tanto beber numa mesa de metal de uma padaria aí, reclamando do prefeito, sacaneando o Toninho, que é direita, sim, eu falo sem vergonha, sem medo de ser feliz, agora, e que o Chiquinho não é melhor do que ninguém só porque sabe falar inglês, só porque é artista de novela, grandes bosta, que o Chiquinho não pode falar dele, do Toninho, assim, não, que ele, o Toninho pode não ter instrução, mas que ele, o Toninho, só de estar aqui já é um campeão que superou todos os obstáculos, que ele, o Toninho tinha saído de um lugar que ele, o Toninho, nem podia chamar de lugar, que o pessoal lá não sabia nem falar direito, que o pessoal lá só dava uns gemidos e falava umas palavras lá, e o único santo que ele, o Toninho, conhecia antes de sair de lá era o são Jorge, mas que não era esse são Jorge aí do Corinthians, não, era só umas manchas na lua, e que ele, o Toninho, não sabia falar inglês, não, mas ele, o Toninho, agora sabia que o certo é fazer as coisas que a gente não gosta de fazer, que é pra depois fazer as coisas que a gente gosta de fazer com o dinheiro que a gente ganhou fazendo o que a gente não gosta e que o pessoal da padaria todo aí sabe, pode perguntar pro Chiquinho, pro Toninho, pro Toninho, pro Chiquinho... se ele, o Toninho, sempre não pagou as contas dele, as dívidas dele, que hoje eu tô aqui bebendo, já bebi doze Jurubeba, mas que amanhã, depois de amanhã, no máximo, o Chiquinho vai receber, que eu sou honesto, e uma secretária com uma bunda, até que eu comia, vinha passando, o pessoal, o Chiquinho e a turma toda de subgerentes já ficando animados, fazendo uns barulhos assim com a boca, para mostrar o quanto ninguém ali, na turma de subgerentes, era viado, só o Toninho, que era um cara mais certinho, mais timidozinho, que tinha superado alguns obstáculos na vida, mas nunca alcançaria seus objetivos, já que, o meu chefe já falou que esse tipo de trabalho não tem bem o seu perfil, o perfil do Toninho, esse perfil assim meio timidozinho, meio assim de alguém que não cuida da própria imagem, você já ouviu falar de inteligência emocional? Precisa, viu? Você pode crescer muito se superar esses obstáculos que você tem, mas agora nós, aqui na firma, estamos precisando de alguém que traga soluções e não problemas etc., e o Toninho até olhava muito para as mulheres na rua, o tempo todo, o Toninho só tinha era vergonha de falar alto, de fazer aqueles barulhos meio nojentos com a boca, mas ficou todo mundo do pessoal dos subgerentes tirando umas com o Toninho, falando que ele, o Toninho, era viado, que ele, o Toninho, não gostava de mulher, que ele, o Toninho, virava a cara quando passava uma gostosa dessas que nem essa aí, que rabo!, véio, e a secretária com uma bunda se abaixa para falar com o Toninho, para perguntar o nome do Toninho para o Toninho, para perguntar para o Toninho onde estava a mãe dele, do Toninho, para dar uma nota de um real para o Toninho, já que a secretária com uma bunda tinha dinheiro trocado, e a secretária olhou também para o Chiquinho e achou que o Chiquinho não existia, já que o Chiquinho era um pouco mais crescidinho do que o Toninho e já estava chegando a hora do Chiquinho começar a tomar umas porradas, para aprender.

E aquela luz, lá em cima, no andaime, dando aquele troço no Chiquinho e no Toninho, as pernas penduradas assim, fumando mais um cigarro cada um, o Chiquinho e o Toninho, aquele troço do ocaso, ocaso numa cidade desse tamanhão, vista lá do alto, aquele troço do ocaso, o Chiquinho e o Toninho dando um tempo, vendo, trocando umas ideias: "Jesus não falou nada desse troço de foder, pode ver, no Novo Testamento não tem nada falando de foder, nem falou de roupa que tem que usar, que não pode andar pelado, nem nada disso. Não tem nada proibido. Pode meter a pica mesmo. E pode beber também, que Jesus até transformou água em vinho".

"Você vai é direto pro Inferno."

E os subgerentes vindo, vindo, o Chiquinho já meio maluco por dentro, sem saber direito que aquilo que ele, o Chiquinho, estava sentindo era loucura, olhando para a secretária com uma bunda dando uma nota de um real para o Toninho, tão bonitinho, tão amado pelas pessoas de bem, emocionadas, chorando, se abaixando para perguntar o nome do Toninho, perguntar onde a mãe do Toninho está, sem querer saber do Chiquinho, do nome do Chiquinho, da mãe do Chiquinho, só porque o Chiquinho já passou da idade de não tomar umas porradas, da idade de ser bonitinho, um trocinho assim que até dói no coração, com um monte de melequinha saindo pelo nariz.

Os subgerentes vindo, vindo, e o Toninho na padaria, porteiro de teatro, colador de etiqueta de preço em embalagem de milho de pipoca, de polenta, de farofa, motorista de táxi, o Chiquinho, com aquela tosse, falando meio babando, ex-bichinha, o Chiquinho, só atrás do balcão, ouvindo o Toninho, tudo vagabundo, olha lá, fumando maconha, dando maconha pro pequenininho, olha lá, tudo vagabundo já, não tem cura mais, não, o Chiquinho e o Toninho fumando folha de árvore, muito louco isso, em nota de dois real, vagabundo que nem eu era, quando eu era criança, criança igual bicho, fumando maconha pelado, mas lá era porque a gente era bicho, mas esses aí, não, que eu sei, eles ficam um pouco maior e se te pegam numa quebrada aí, você que é motorista de táxi, eu já vi muito menino, desses pequenininhos, com revólver na mão, olha lá, fumando maconha, e o Chiquinho fazendo aqueles barulhos meio nojentos com a boca, olhando para a bunda da secretária com bunda dando um real para o Toninho e o Chiquinho, que já tá na hora de começar a tomar umas porradas, que, se já tem idade para fumar maconha, olha lá, também já tem idade para tomar umas porradas, é ou não é?, e olhando para os outros subgerentes, tentando perceber se os outros subgerentes estavam achando engraçados os barulhos que ele, o Chiquinho, subgerente da firma, fazia olhando para a bunda da secretária com bunda, e eles estavam, sim, os subgerentes, achando engraçados os barulhos nojentos que o Chiquinho fazia com a boca, menos o Toninho, que achava meio nojentos os barulhos que o Chiquinho fazia com a boca.

E lá perto do Brejo da Cruz, no maconhal, os pés de maconha balouçando ao sabor do vento melado, meio morno, noroeste, o Chiquinho e o Toninho pelados, sem shorts, na maior loucura, naquela experiência extrassensorial muito louca, meio Castañeda, a lua cheiaça, enorme, no céu, visual, o céu cheio de estrelas, naquela experiência de ver coisas, deitados olhando pro céu, vendo, aquele troço das galáxias se expandindo.

O Chiquinho falou "Tia, dá uma pra mim também", e a secretária com uma bunda até pensou em dar uma nota de um real que ela achava que tinha na carteira para o Chiquinho, e ela, a secretária com uma bunda, deu uma olhadinha assim rápida na carteira e não tinha nenhuma nota de um real na carteira, a menor que ela tinha era uma de cinco, e cinco é demais pra esse moleque meio marmanjo que já está ficando na hora de começar a tomar umas porradas, para aprender, e tinha umas moedas também, mas a secretária com uma bunda ficou com medo do Chiquinho achar que moedinha era pouco, e ela, a secretária com uma bunda, então falou que hoje só tinha aquele um real, que ela deu para o Toninho, que era menorzinho, isto ela não disse, mais bonitinho, mais assim um trocinho de cortar o coração, e ela, a secretária com uma bunda, não quis perder aquela sensação mágica, aquela sensação de amor ao próximo que ela, a secretária com uma bunda, sentia olhando comovida para o Toninho com as melequinhas saindo pelo nariz e ele lambendo as próprias melequinhas com a ponta da língua e, então, ela desviou a conversa com o Chiquinho, dizendo para o Chiquinho que outro dia ela, a secretária com uma bunda, os subgerentes fazendo cada vez mais barulhos nojentos com as bocas deles, voltaria e traria um dinheirinho para o Chiquinho também, e a secretária com uma bunda se concentrou bem, de novo, no Toninho, bem focada, e fez uma nova lágrima descer lentamente pelo seu rosto, e além da bunda a secretária com uma bunda tinha um peitão também, e os subgerentes atravessam a rua, eles todos fazendo uns barulhos com a boca, uns barulhos bem nojentos, e o Chiquinho, muito louco mesmo, lá no Brejo da Cruz e aqui, nessa avenida enorme, na esquina do outro lado da rua da esquina com o poste com um cocô seco, meio humano, perto.

E o Chiquinho, filho do Toninho, aquele Toninho que comeu aquela menina meio feinha, mas não tão feinha feito a menina com a qual o Chiquinho foi meio bundão e só ficou passando a mão nos peitinhos dela atrás do trem fantasma e nem tentou tocar nos órgãos genitais da menina que era mais feinha que a menina que deu para o Toninho, que, depois que deu para o Toninho e não abortou o Chiquinho, virou meio biscate de cidade pequena e vivia fazendo abortos, e os meninos todos do subúrbio passavam a mão na bunda dela e ela teve que ir embora para algum lugar nenhum e foi dar lá no Brejo da Cruz, com o Chiquinho, que era bem fissuradinho no maconhal que tinha lá perto, foi envelhecendo e ninguém mais queria comer ela, nem velho perebento queria mais comer ela, e ela morreu toda perebenta, toda cheia de ferida e o Chiquinho foi cortar cana e/ ou mandioca, conseguiu fugir e pegar carona no caminhão do Toninho até uma cidade com uma igreja da matriz e uma sorveteria Cruzeiro e começou a trabalhar cedo, além de estudar direitinho na escola pública, sempre passando de ano, sempre se esforçando para superar todos os obstáculos, para esquecer a mãe perebenta, uma parada meio Freud, e o menino, o Chiquinho, depois, foi para capital e continuou estudando, se dedicando muito, superando todos os obstáculos até atingir todos os seus objetivos, se tornando oficial da polícia, enfrentando diariamente a guerra urbana de nossas grandes cidades, e o Chiquinho se dedicava à sua profissão, se dedicava à defesa dos cidadãos de bem e jamais torturou uma criança sem ter uma razão muito forte, sem ser por um caso de vida ou morte, e o Chiquinho tudo bem, que o Chiquinho já estava ficando com idade para começar a tomar umas porradas, para aprender, mas, graças ao Chiquinho, que só torturava crianças quando era caso de vida ou morte, o Toninho ficou só um pouco machucado, deu pena, mas o pessoal também não podia saber que era só o Chiquinho que merecia tomar umas porradas, o Toninho estava lá também, cheio de meleca saindo pelo nariz, com um cigarro de maconha na mão e o pessoal pensou que ele era bandido também, e eu também, o Toninho, falando cuspindo, direita, treze Jurubeba, fui lá e comecei a dar porrada, mas depois eu parei, que o Chiquinho me segurou e o Chiquinho é meu irmão, ele é artista, ele é bicha mas é meu amigo, se bem que ele agora é só ex-bicha, olha lá, vê se ele tem cara de bicha?

O Chiquinho conhecia aquilo lá na palma da mão. O Chiquinho, quando era criança, quando o Chiquinho não tinha colesterol nenhum no organismo, o Chiquinho ia fumar maconha naquele maconhal ali perto do Brejo da Cruz toda vez que dava um troço nele, o Chiquinho, quando a lua nascia e o sol morria e dava uma luz meio assim muito louca no céu. O Chiquinho ficou até meio emocionado, meio comovido consigo, deu um troço nele, uma percepção do universo, um troço assim do Chiquinho ter a sensação de ter entendido tudo, esses negócios de Deus, Cristo, amor ao próximo, a lembrança dele, lá, menino, sem conhecer quase palavra nenhuma, e a lua estava brilhando muito, as estrelas, aquela luz toda e o Chiquinho, que parecia que nem tinha nenhuma emoção dentro dele, a vida toda até agora, teve um troço dentro dele, vendo o Chiquinho e o Toninho lá, pelados, deitados no chão sob o maconhal, aquela lua, os charutões de maconha desse tamanho assim. O Chiquinho até sentiu a expansão das galáxias dentro dele, do Chiquinho. Mas o Chiquinho, policial consciente estava ali, agora, perto do Brejo da Cruz, dentro de si mesmo, diante de si mesmo, muito louco isso, a trabalho.

A secretária, com uma bunda, com aquela lágrima escorrendo lentamente pela face, se levanta, ainda olhando muito comovida para o Toninho, cheio de melequinha saindo pelo nariz, os subgerentes vindo, o Toninho achando a secretária com uma bunda muito gostosa, mas o Toninho tem vergonha de fazer aqueles barulhos nojentos com a boca, só que os subgerentes não, e o Chiquinho era o que mais fazia aqueles barulhos escrotos, agora que ele, o Chiquinho, está ganhando segurança com o pessoal, com a turma de subgerentes pisando no pé do Chiquinho outra vez, e o Chiquinho, maluco, vai e toma a nota de um real do Toninho, que era um troço de cortar o coração, e o Chiquinho, que não pode ver covardia, que superou todos os obstáculos, que nasceu onde nasceu e chegou até aqui onde está, fazendo uns barulhos nojentos com a boca para demonstrar aos colegas subgerentes que ele, o Chiquinho, sente atração sexual por mulher, principalmente por secretárias louras com essa bunda, e não por homens, já segura o Chiquinho pelo pescoço com força, meio violento, muito violento, devolve essa nota pro teu irmão, porra, e um subgerente, lá, dá um tapa assim, não muito forte, merecido, assim, na cara do Chiquinho, e fez aquele estalo de tapa na cara, e a secretária com uma bunda gritou assim um gritinho indignado e foi para junto do Toninho, meio assustado, meio chorando, de cortar o coração de qualquer um, e ficou abraçada assim com o Toninho, com a bunda, e o Toninho já saiu correndo da padaria e pulou com os dois pés assim na cara do Chiquinho, treze Jurubeba, e estatelou assim no chão, todo babado e vomitou, e o Chiquinho, que já foi bichinha, que já conheceu o mundo inteiro fazendo teatro meio de vanguarda, também foi lá conferir o Chiquinho tomando porrada e até deu um soco, meio frouxo assim, no Chiquinho, e o Toninho levantou, todo vomitado, direita, saiu chutando e pisando na cara do Chiquinho já todo meio ensanguentado no chão, e o Chiquinho já pulou também o balcão da padaria e veio chutar o Chiquinho, e um subgerente foi lá e explicou para a secretária, com a bunda, abraçada com o Toninho, que esses menino, esse aí também, o Toninho, com aquela carinha de cortar o coração, chorando muito, cheio de melequinha saindo pelo nariz, é tudo falso, e o cérebro do Chiquinho saindo pelas orelha e o Toninho pisando nos pedaços de cérebro do Chiquinho, que eles têm essas carinhas assim, mas é tudo bandido, se você encontrar ele de noite numa rua escura, essa porra aí estupra você, e o Chiquinho, que ainda há de alcançar todos os seus objetivos, já dá um safanão no Toninho e um subgerente pega o Toninho pelo cabelo e arrasta o Toninho pelo chão, e o Toninho, direita, chuta uma vez só a barriga do Toninho, e o cérebro do Chiquinho lá todo espalhado no chão, e o Toninho tomando muita porrada antes da hora de começar a tomar umas porradas para aprender, e o Chiquinho, que venceu todos os obstáculos, lá, se interpondo entre o Toninho e os subgerentes, impedindo que os subgerentes e o Toninho e o Chiquinho e o Chiquinho fizessem o cérebro do Toninho também sair pela cabeça, já basta o cérebro do Chiquinho, que já estava mesmo na hora de começar a tomar umas porradas, e o Chiquinho, da polícia, policial honesto, que só tortura criança quando não tem outro jeito mesmo, protegendo o Toninho, pra depois o direitos humanos vir e soltar, por isso é que é assim. O Chiquinho, que sabe que a realidade é foda, deu um tiro na nuca do Chiquinho e um tiro na nuca do Toninho. Não doeu nada, porque o Chiquinho e o Toninho estavam doidões, na maior loucura, vendo umas coisas esquisitas. Na nuca, um tiro só, assim, não dói nada. O Chiquinho, que só torturava criança quando não tinha outro jeito mesmo, tinha um troço dentro dele, uma sensibilidade, um negócio de perceber, sem saber definir direito, essa história das galáxias se expandindo e sendo engolidas por buracos negros, o caminho inexorável para a morte, essa loucura toda, e ele, o Chiquinho, policial honesto, explica que foi melhor assim, que aquela gente naquela aldeia com aquela cruz no meio do lodaçal tinha uma vida miserável que não era nem vida, que ele, o Chiquinho, posso falar porque eu vim de lá, eu era aqueles dois ali e, vou te falar, eu preferia que alguém tivesse feito pra mim o que eu fiz pra eles, nem doeu e acabou logo.

A dificuldade da poesia

Uma manhã nublada — um homem olhando pela janela do escritório — um amor — uma lembrança — uma mulher deprimida — uma mulher loura — uma mulher do subúrbio — uma mulher que escolheu uma calça apertada para vestir — as marcas das calcinhas sob as calças apertadas das mulheres do subúrbio — a marca da calcinha sob a calça apertada de uma mulher tímida do subúrbio — um jovem publicitário de sucesso — um jovem publicitário de dinheiro — um jovem que sofre por exigir ser um jovem melhor do que todos os outros jovens — uma mulher do subúrbio que sofre por exigir ter a marca de calcinha mais insinuante do subúrbio — uma mulher do subúrbio que sofre por exigir ser a melhor mulher do subúrbio — uma mulher que sofre por exigir ser a melhor mulher — uma gente orgulhosa da própria ignorância — uma poesia — um poema que não é poesia — um amigo que nunca mais apareceu — um amigo que morreu — um amigo com filhos adultos — um filho de amigo na televisão logo cedo — uma mulher de calcinha que precisa estar na televisão — uma cortina fechada no escritório — uma vida

que um homem não sabe por que — uma vida que acaba — uma
vida que começa — uma vida que nunca acaba — uma eterni-
dade — um paraíso — um anjo no paraíso — uma virgem no
paraíso — um Jesus no paraíso — um Adão no paraíso — um
problema — um amontoado de problemas — um amontoado de
poesia — um problema poético — uma equação — um amontoado de problemas poéticos — uma falta de qualidade nos outros — um poeta demais para olhar para as marcas das calcinhas
sob as calças apertadas das mulheres do subúrbio — um poema
fácil demais — uma poesia fácil — uma mulher do subúrbio de
calça e calcinha que não sabe poesia — uma mulher do subúrbio
sem calcinha para não marcar a calça apertada — uma mulher
sem calcinha que não sabe poesia — uma mulher sem poesia
que não sabe usar a calcinha sob a calça apertada — uma criança — uma babá — uma criança vendo o filme do Roberto Carlos
na matinê do cinema antigamente — uma poesia sem sentido —
um poema com sentidos demais — um jovem sem palavras —
uma mulher com calcinha e sem palavras — uma calcinha sem
poesia — uma poesia sem calcinha — um amigo poeta — um
amigo de cueca — uma poesia de manhã nublada — um poema
sobre manhãs nubladas — uma nuvem de poesia — uma nuvem
de poemas — uma manhã nublada sobre a poesia — uma nuvem
sobre o poema — uma nuvem cinza sobre o poema — um poema
sobre nada — uma mulher do subúrbio de calcinha que não
sabe que está sofrendo — um jovem sofrendo demais — um
poema de sofrimento — uma poesia sofrida — uma poesia demais — um poema a mais — um homem muito doido — um
poeta a mais — uma facilidade para escrever poesia — um poeta
que não quer nada de mais — um ex-poeta — um ex-poema —
um ex-poema demais — um excesso de poemas — um excesso
de ex-poemas — um excesso de ex-poemas demais — um poema
do passado — uma vida no passado — um poema passado no

passado — um passado demais — uma babá de calcinha vendo o filme do Roberto Carlos — uma babá de poema — uma babá da poesia — uma babá de poesia — uma poesia de babá — uma criança de mãos dadas com a babá — uma criança que não quer saber de poesia — uma criança que deveria jogar futebol — a poesia no futebol — uma criança de poesia — um poema de criança — uma ex-criança — uma ex-babá — uma ex-babá na manhã do escritório — uma ex-criança na poesia do escritório — um escritório de poesia — uma manhã nublada no escritório — um escritório ao lado de um escritório ao lado de um escritório ao lado de um escritório ao lado do escritório da ex-babá da manhã nublada do poema sobre a poesia — uma cortina fechada para a manhã nublada — uma cortina fechada para a poesia — uma cortina fechada de poema de manhã nublada — um poema fechado para mulheres de calcinha sob a calça apertada — um poema sobre calcinhas sob calças apertadas sobre mulheres do subúrbio — um poema de nada — a poesia sobre nada — um entregador de comida chinesa na manhã nublada quase na hora do almoço — um poema chinês sobre nada — um poema chinês sobre o nada — uma poesia chinesa — um poema que nada diz — um nada chinês — um chinês sem calcinha — um chinês sem poesia — um chinês sem nada — um poema sem nada — uma poesia de nada — um poema de biscoito chinês — um poema sobre biscoito chinês — uma poesia de chinês — um chinês de nada — um chinês de nada no poema sem nada — um poema sobre tudo — uma poesia de tudo — uma calça apertada sobre uma calcinha de nada — uma alternativa para o poema — uma poesia sem alternativa — uma alternativa para nada — um poema sem alternativa — uma alternativa para tudo — um monte de palavras — uma alternativa de poema — uma alternativa para a poesia — uma poesia de jazz — um jazz de manhã nublada — uma poesia de escritório — um jazz de escritório — um poema oficial — uma poesia artificial — um poema de pausa — uma poesia sem silêncio — uma mulher em silêncio — uma mulher deprimida em silêncio — uma loura de calcinha em silêncio — uma loura sem calcinha — uma loura sem calcinha para não marcar a calça apertada — uma loura sem poesia — uma loura sem calcinha para não marcar o poema — uma loura de calcinha para não marcar a poesia — um poema manchado para marcar a poesia — uma mancha de poema — mancha na poesia — uma loura sem manchas — uma mulher do subúrbio sem marcas — uma manhã manchada pelas nuvens — um poema marcado pela manhã nublada — uma manhã nublada sem mulheres — uma mulher marcada pela manhã nublada — mulheres das manhãs no escritório — um escritório marcado para as manhãs nubladas — a cortina fechada para as mulheres marcadas — um poema de jovens — uma poesia de nuvens — um poema de mulheres — um poema que nunca acaba — uma poesia que morre — um poema para sempre — uma poesia que acaba.

A história da revolução

O mundo onde George Harrison estava começando a ficar cabeludo, onde George Harrison estava começando a fumar uns baseados e a tocar iê-iê-iê, onde George Harrison foi gerado e nasceu, em 1964, era um mundo muito doido. Deve ser por isso que eu sou doido. E também por causa desses negócios familiares, neuroses transmitidas de geração para geração, aquela influência maluca do inconsciente coletivo, o George Harrison fazendo coisas que nem sabe por que está fazendo, o inconsciente dele, do George, obrigando o George a fazer coisas que, se ele, o George, tivesse consciência do que estava fazendo, eu jamais teria feito.

O George nasceu para ser um filho da revolução, um menino de 64, uma criança de sorte, que cresceria em um país novo, com um futuro sensacional pela frente, farol da humanidade, gigante a despertar, essas porra.

Eu nasci em dezembro de 1964, portanto o George Harrison e até mesmo o Glauber Rocha foram gerados em março de 1964, alguns poucos dias antes do presidente Jango ser deposto e uma junta militar assumir o poder executivo da pátria.

E a moral e os bons costumes e a família. Pelo lado materno, era uma típica família de Liverpool. O avô era da selva, era meio caboclo mameluco, foi para Belo Horizonte asfaltar tudo, e o bisavô tinha umas doideiras com música, com o violino, o avô tem o nome do professor de violino do bisavô, e era caboclo mameluco, e foi estudar em Belo Horizonte, e o bisavô tinha uma doideira também com astronomia, e os irmãos do avô tinham nomes de estrelas e constelações do céu, e o avô, cabocli-nho jovem ainda, se apaixonou pela moça fina de BH, mais ou menos aquele negócio de tradicional família mineira, com so-brenome meio holandês, ou meio alemão, um negócio desses, e o pai da avó não ia engolir muito facilmente sua filha com sobre-nome holandês ou alemão nos braços de um caboclo, mamelu-co, índio meio amazonense, meio cearense, ave de arribação. Se bem que o pessoal da família da avó, com sobrenome holandês ou alemão, tinha o cabelo meio ruim, meio louro e meio ruim, meio anelado demais. Quase sarará. A família, pelo lado mater-no, para disfarçar a caboclice e o cabelo ruim, era a favor da fa-mília, da pátria e de Deus, mas não saiu às ruas para marchar contra o comunismo. Na verdade, o avô pelo lado materno nun-ca entendeu nada de política, nunca ligou os pontos, as ideias aos fatos. O importante era ter opiniões conservadoras, de direita, embora o mameluco não soubesse bem que porra é essa: direita. Tudo isso inconscientemente, claro, o avô índio tinha opiniões contra os comunistas, os não católicos, os negros, os pobres, essas porra, por supor que o sogro com sobrenome holandês ou alemão de uma mais ou menos tradicional família mineira, já que não gostava de aves de arribação, também não ia gostar de comunis-tas, negros, não católicos, pobres, essas porra, óbvio.

Mas consta na história dos Beatles que o meu outro avô, o

paterno, saiu de Goiás com umas notas de dinheiro costuradas no bolso do paletó. Assim como o avô materno do George, o avô paterno do George era primogênito, predestinado a se tornar o arrimo da família Harrison e, por isso, a família Harrison concentrou todos os seus esforços para que o avô do George pudesse estudar, fazer faculdade e se formar e trabalhar e ganhar algum dinheiro e se casar e trazer os pais e os irmãos para morarem perto, no Sudeste, e garantir que toda a família tivesse uma vida confortável e o avô paterno era economista e trabalhava para governos. E o Vô Harrison era um homem bom e viveu em São Paulo e foi para o Rio de Janeiro e conheceu a avó paterna do George, muito católica, uma moça possuída por sentimentos de culpa católicos, aquela culpa toda, todas aquelas neuroses transmitidas de geração para geração, problemas ligados à sexualidade, uma parada freudiana, repressões profundas, traumas, perdas, morte. A avó era lacerdista como todas as moças de família. O avô, goiano, com as economias da família costuradas no bolso do paletó, formado em direito com especialização em ciências econômicas, professor, trabalhou no segundo governo Vargas, nos governos de Dutra e de Juscelino, inclusive diz uma lenda, dos Beatles, que o presidente Juscelino Kubitschek ligava para a casa dos Harrison para falar com o meu avô organizador de finanças, e a minha avó católica cheia de sentimentos morais de culpa, tratava muito mal o presidente da República ao telefone, já que era uma senhora direita, lacerdista, contra o Nelson Rodrigues, e o Lacerda era adversário do Juscelino porque sabia que nas eleições seguintes não poderia vencer Juscelino, se houvesse eleições seguintes, se não tivesse acontecido o golpe, melhor usar a palavra revolução, que é mais patética. A revolução (rá rá rá) em março/abril de 1964 foi que as tropas do Rio de Janeiro partiram para o confronto com as tropas de Minas Gerais, para defender o presidente Jango, a constitucionalidade e a democracia, mas acabaram cedendo ao clamor da tradicional família mineira, ao banco do Magalhães Pinto e ao moralismo lacerdista, pátria, família, Deus, essas porra, e aderiram ao golpe, quer dizer, à revolução (rá rá rá), deixando o Brizola e o Rio Grande do Sul sozinhos na defesa de Jango, da democracia e da constitucionalidade, até que uma junta militar empossou o marechal Castelo Branco na presidência da República, e o Brizola e o Jango e o Juscelino, e até mesmo o Carlos Lacerda, passaram a ser considerados todos eles inimigos da revolução (rá rá rá), da liberdade, da pátria, da família, de Deus, essas porra.

O avô paterno de George Harrison sempre considerou o marechal Castelo Branco um grande sujeito, um excelente caráter, um homem sábio. E, olhando para trás, pensando bem, acho que meu avô até devia estar meio certo, e o Glauber Rocha, no início das aberturas, professava que até mesmo o general Golbery tinha lá alguma consciência debaixo do quepe e que as Forças Armadas se dividiam entre a linha dura light e a linha dura hard. Eu sou o Glauber Rocha e eu entendi bem aquela carta que o Glauber Rocha escreveu para o Zuenir Ventura, que foi publicada na revista *Senhor* e que dizia que a abertura política só poderia acontecer através dos militares light como o próprio general Golbery e o general presidente Ernesto Geisel, que enfrentou o general Sylvio Frota, da linha heavy hard metal das Forças Armadas, e que pagou geral para os torturadores nojentos, quando mataram o Herzog e indicou o general Figueiredo para promover as aberturas, nem que para isso o general Figueiredo tivesse que ameaçar prender e arrebentar os militares que prendiam e arrebentavam jornalistas, operários, estudantes, mulheres grávidas e gente inocente em geral, mas a história do linchamento ideológico realizado pela intelectualidade de esquerda burra contra o Glauber Rocha já é a história de outra revolução, que até poderia ter acontecido junto com as aberturas, quando o Glauber Rocha já estava meio desesperado, pelado, morrendo, chorando pelo Brasil que não estava dando certo e pela burrice, e pela ignorância, e pelo desamparo do povo, e o Brasil do Glauber não vai rolar mesmo.

Os avôs paterno e materno do George, diz a história dos Beatles, nasceram em regiões menos desenvolvidas do Brasil e foram virar homens de bem na região Sudeste, o paterno de Goiás com um dinheirinho costurado no bolso do paletó e o materno, meio índio, do Amazonas, filho de cearense, meio caboclo, muito magro, reprovado nos testes físicos do Exército, foi asfaltar Belo Horizonte. E ambos ganharam bem a vida, sustentaram bem suas famílias, juntaram algum dinheiro nesta vida. Mas o pai e a mãe de George Harrison já eram de uma outra turma e não pensavam muito em dinheiro como o George tem que pensar hoje, o tempo todo, já que dinheiro é a coisa mais importante que existe, já que a mãe e o pai do George eram de esquerda e tinham valores hippies e socialistas, o pai era do sindicato da Petrobras e a mãe estudava com um grupo o método de alfabetização do Paulo Freire, e quando a minha mãe descobriu que estava grávida do George, ou do Glauber Rocha, o meu pai estava escondido no Rio de Janeiro, logo depois da revolução (rá rá rá), esperando para ver que porra ia acontecer naquela merda. Com o pai do George não aconteceu quase nada, não, já que, nos primeiros anos revolucionários (rá rá rá), o regime ainda era light, o marechal Castelo Branco era um avozinho gente boa amigo do meu avozinho, que era um homem bom, desses que acolhem bebês em cestas abandonados na porta de casa, que adotam cachorros sarnentos, que ajudam netos com problemas de drogas e filhos com problemas políticos a escaparem de situações delicadas com a lei.

Obviamente, George Harrison, que estaria em Berlim no dia da reunificação alemã, em 1990, com três ou quatro anos de idade, em 1968, estava no Maio de 68 vivendo em Paris, e também passou por Praga, na Primavera de Praga. George Harrison foi um moleque que demorou para aprender a amarrar o sapato, a andar de velocípede, a fazer o O com um copo, a segurar direito talheres, lápis e canetas. Mas ele, o Glauber Rocha, claro, desde muito cedo, demonstrava fortes propensões intelectuais e capacidades analíticas profundas acerca dos acontecimentos políticos mais importantes de sua época. A minha lembrança mais antiga nesta vida é de Paris, do dia em que o De Gaulle faria um pronunciamento na televisão e o pai do George, bolsista da Sorbonne, uma bolsa que o Vô Harrison, amigo do marechal Castelo Branco, ajudou a descolar com uns amigos do governo, e os amigos do meu pai, que estavam começando a ficar cabeludos, só falavam nas palavras que o De Gaulle diria na televisão, e eu me lembro muito de estar torcendo para que houvesse uma guerra, para que as ruas de Paris ficassem cheias de tanques e soldados de uniforme dando tiros para todos os lados, como se a vida fosse um filme de guerra, e o Georgezinho estaria no meio de uma guerra, no meio de um filme de guerra, e no Brasil, alguns meses depois, viria o AI-5, e o George, mesmo sendo meio débil mental com as coisas práticas da vida, estava começando a construir e organizar sua visão de mundo do Glauber Rocha.

O meu avô era secretário-geral do Planejamento, segundo homem na hierarquia do Ministério do Planejamento, cujo ministro era o Roberto Campos, aquele da direita inteligente que fazia dobradinha com o Delfim Neto nas paradas econômicas do governo revolucionário (rá rá rá) e viajava o mundo todo o tempo todo, morou algum tempo em Nova York, e era muito bom quando o avô paterno voltava dessas viagens, trazendo armas, tropas e instrumentos musicais para o George Harrison, que se tornou George Harrison tocando balalaica, uma que o avô trouxe da Rússia, voltando de uma visita à União Soviética, onde esteve reunido com figuras importantes da economia soviética, e o meu avô era um homem bom e não era mais de esquerda na época em que o George voltou da França com seus pais começando a ficar meio hippies, alguns meses depois do AI-5. Na época em que o avô do George era meio de esquerda, ele, o avô do George, batizou seus filhos com os nomes de Sonia, Ivan e Sérgio. E a minha avó lacerdista, pátria, família, Deus, essas porra — a que tratava mal o presidente da República — era anticomunista, mas gostava muito da Rússia, de vodca e das recepções que participava nas visitas do meu avô do George Harrison à União Soviética, de onde o avô paterno trouxe para o Georgezinho seu primeiro instrumento musical.

Na infância, depois do Maio de 68, quando o sonho estava começando a acabar, o George Harrison tocava balalaica acompanhando o "Magical Mistery Tour" e comandava exércitos, e os exércitos do George eram os mais poderosos, os mais modernos, os mais tecnológicos, os mais coloridos do prédio de número 145 da rua Congonhas, em Belo Horizonte. O George também era o único general da rua Congonhas a ter Lego, e essas tropas do George, então, tinham quartéis incríveis e bases de lançamento para mísseis, naves espaciais, o George tinha uma réplica do capacete do Neil Armstrong e soldados da Guerra Civil Americana, o Rin Tin Tin, essas porra toda, e era meio louco isso, porque os pais do George estavam ficando meio hippies e ficavam lá no apartamento da rua Congonhas com uns amigos estranhos cheios de cabelo, ouvindo uns discos sensacionais — o *Abbey Road* dos Beatles, o *Dark Side of the Moon* do Pink Floyd, o *Bitches Brew* do Miles Davis, o *Milagre dos Peixes* do Milton Nascimento, que era um disco com as letras todas censuradas, com o Som Imaginário, com o Fredera tocando guitarra, e o *Jóia*, e o *Qualquer Coisa* do Caetano Veloso, e aquele do Gilberto Gil que tinha o "Rouxinol" do Mautner — e o pai do George, nas férias escolares, quando a mãe do George Harrison, o George Harrison e o Paul McCartney iam para a casa do avô mameluco, na praia, em Ubatuba, ele, o pai do George, escondia uns comunistas procurados pelos revolucionários (rá rá rá) no apartamento da rua Congonhas e vivia falando mal do presidente Médici na frente da televisão, na hora do *Jornal Nacional*, na hora do programa do Flávio Cavalcanti, e dizia para o George não falar na escola que eles, meu pai e minha mãe, eram de esquerda e que escondiam uns inimigos da pátria, da família, de Deus, essas porra, em casa, e todo mundo na escola do George colecionava uns álbuns de figurinhas com uns nomes assim: Brasil Pra Frente; Brasil Eu te Amo; com figurinhas do Sujismundo, do presidente Médici, daquele golaço do Carlos Alberto, depois daquele passe do Pelé, último gol da final contra a Itália, e o George queria ser que nem os amigos dele, do George, e também colecionar aquelas figurinhas — Brasil Gigante, essas porra — e eles, o pai e a mãe do George, não achavam legal esses álbuns de figurinhas e pareciam não gostar muito de gente que tinha dinheiro, e tinha uns livros orientais lá em casa, uns livros do Carlos Castañeda, uns livros do Jung que diziam que Deus existe e que ele, o Jung, conhecia Deus, e a mãe do George começou a comer arroz integral e queria se desapegar dos bens materiais e, de toda a turma do Colégio Alcinda Fernandes, que não tinha unzinho representante sequer do proletariado ou do movimento hippie, o George era o único que não tinha uma tv em cores em casa, e o Cid Moreira era um jovem galã em preto e branco apresentando o *Jornal Nacional* com aquela música do Pink Floyd, e tinha o programa do Amaral Neto, e o meu pai e a minha mãe e os amigos deles detestavam o Amaral Neto, e o George também não gostava, porque o programa do Amaral Neto vinha antes de um programa que eu gostava, não me lembro bem qual era, mas acho que eram os gols do domingo, uma coisa assim, e demorava para acabar, enquanto, ao mesmo tempo, o George Harrison tinha esses brinquedos incríveis internacionais, espingardas de raio laser, a máscara do Batman, a coleção completa de bonecos dos Vingadores, já que os meus avôs, que nasceram em regiões menos desenvolvidas do Brasil, eram, então, na época da minha infância, homens ricos, desses que trazem as mais modernas armas de guerra do exterior para o neto tocador de balalaica, general de exércitos e futuro Glauber Rocha. Um conflito na cabeça do George Harrison entre ser burguês e dono de altos exércitos e da Nasa, ou ser um hippie comunista que era uma coisa que começou a me parecer bem legal, ser ou não ser, essas porra.

E o Brasil era assim: um lugar onde aves de arribação chegavam ao Rio de Janeiro, a São Paulo e até mesmo a Belo Horizonte, com umas notas de dinheiro costuradas no bolso do paletó, meio mamelucos como meu avô materno, ou meio cafuzos como meu avô paterno, e se formavam em engenharia para asfaltar Belo Horizonte ou em direito/ciências econômicas para ajudar a organizar as finanças de governos democráticos e ditaduras nojentas, e construíam carreiras sólidas e se tornavam homens de posses e tinham filhos de pais ricos que se tornavam hippies comunistas desapegados dos bens materiais e netos meio divididos entre a fartura burguesa de réplicas perfeitas das mais modernas armas de guerra dos exércitos americano e o estilo meio hippie de ser — aquelas festas à noite, aqueles discos espetaculares na vitrola e festivais de inverno em Ouro Preto, aqueles passeios de jipe amarelo pelas cachoeiras perto de Ouro Preto, aquelas namoradas dos tios, todas lourinhas com flores no cabelo tomando banho peladas nas cachoeiras e umas figuras muito estranhas e legais que apareciam em Ouro Preto, como o maestro Rogério Duprat, o Julian Beck e a Judith Malina, do Living Theater, e o pai do George avisando para o George não falar na escola nada dessas coisas que o George via no Festival de Inverno de

Ouro Preto, em 1973, a casa que os pais do George alugaram em Ouro Preto cheia de hippies maconheiros e comunistas e batidas policiais, nos bares, aqueles caras que apareciam nos bares, à noite, com uns pastores-alemães cheirando todo mundo e sempre chegavam notícias de alguém que tinha sido preso e de gente que tinha sido morta.

O George ainda não sabia que os militares brasileiros apagavam cigarros na bunda de crianças na frente dos pais comunistas e era colega do neto do Magalhães Pinto, o Carlos Alberto Magalhães Pinto, na escola, em Belo Horizonte. E por mais que o George tivesse tropas imbatíveis entre seus amiguinhos da rua Congonhas, essas tropas não davam nem para o cheiro quando se tratava dos exércitos interestelares do Carlos Alberto Magalhães Pinto, que eram financiados pelo Banco Nacional, o banco que patrocinava o *Jornal Nacional* com o Cid Moreira colorido na casa dos Magalhães Pinto e em preto e branco na casa dos pais hippies comunistas do George, que também não tinham carro e nem telefone e nem presunto no lanche da tarde, e Coca-Cola só no domingo. O que havia na casa do George e do Vô Harrison eram muitos livros e o George era o único entre seus colegas do Alcinda Fernandes que lia livros além dos livros obrigatórios da escola. E o Vô Harrison, um dia, deu de presente para o George um livro que se chamava *Enterrem meu coração na curva do rio*, que contava a história de como os brancos americanos foderam com os peles-vermelhas dos Estados Unidos, e o George ficou fã do maior de todos os chefes sioux, o Nuvem Vermelha, e o George, que se sentia uma criatura inferior ao Carlos Alberto Magalhães Pinto e aos coleguinhas burgueses do Alcinda Fernandes e ao primo também neto do Vô Mameluco, que era louro e tinha viajado para a Disney e a geladeira da casa dele tinha presunto e Coca-Cola, começou a ficar revoltado contra a injustiça social que ele, eu, sofria e resolveu mandar a tradicional família mineira para o diabo que a carregasse e o capitalismo, que o George ainda não sabia o que era, para aquele lugar, e se tornou um pequenino hippie comunista, e os meus exércitos passaram a ser comunistas, e do pessoal do forte apache que o meu avô do governo trouxe dos Estados Unidos, o Rin Tin Tin essas porra, eu elegi o índio que tinha o maior cocar de todos para ser o alterego do George Harrison, e o George Harrison foi durante muito tempo o Nuvem Vermelha comunista, já que vermelho era cor de comunista e Nuvem Vermelha promovia altas sessões de tortura nos Casacos Azuis, aqueles americanos capitalistas filhos da puta matadores de sioux vermelhos comunistas.

E um dia os pais do Georgezinho se separaram e o George Harrison e o Paul McCartney e a mãe deles, descendente de índios amazonenses, ou cearenses, uma dessas porra, foram morar numa cidade de praia bem pequena, bem filha da puta, no litoral norte do estado de São Paulo. E nessa cidade filha da puta, linda — Ubatuba, em 1976, era um negócio espetacular —, não tinha um filho da puta que soubesse o que era comunista, direita, ditadura militar, Maio de 68, Primavera de Praga, Carlos Lacerda, essas porra. E o Georgezinho era um viadinho filho da puta que mal sabia amarrar o sapato e teve que lamber a ferida do capeta para aprender a ser homem, ainda mais tendo uma mãe desquitada, numa casa infestada de cabeludos de todas as espécies, uns que nunca vai dar pra esquecer, como um argentino doidão, com uns óculos fundo de garrafa que jogava o I Ching e que tinha sido preso pela ditadura argentina e estava fugindo com a mulher, que jogava tarô e enxergava o Vazio, e o argentino doidão até conseguiu fazer com que o Georgezinho fosse macrobiótico por três dias, e os argentinos tinham uns dois filhos pequenos que cagavam pela casa toda, e o cara jogava futebol bem pra cacete, e o George tirava a maior onda levando aquele doidão de óculos fundo de garrafa, maconheiro, que comia a bola, ao campinho em frente à casa do Vô Mameluco, e um outro hippie que fazia tecelagem de macramê e dava uns gritinhos bichas pelas ruas e usava saia e ia à praia de tanga fio dental, com a bunda toda peluda de fora, e a polícia queria prender o cara por atentado ao pudor, e neguinho sacaneava o pobre do Georgezinho na escola chamando o George Harrison de Candinho, que era o nome do homossexual hippie que, naquela época, sendo sacaneado na escola pelos filhos da puta todos, o Georgezinho detestava, mas hoje eu tenho certeza de que fui um Georgezinho privilegiado por ter tido uma babá, um tio tão doida como aquela bicha louca, naquela época em que o general Geisel estava começando a acabar com esse negócio de qualquer filho da puta sádico poder enfiar objetos cortantes na vagina das mulheres alegando que elas eram comunistas e com esse pessoal sádico, tarado, gente com Índice de Desenvolvimento Humano inferior ao de qualquer verme, que ficava suicidando as pessoas por aí. E se falava muito disso na casa do George, em Ubatuba, nos fins de semana, quando a casa ficava cheia de hippies de esquerda, uns caras do Chile, músicos, de esquerda, fugindo da ditadura chilena, e cada um que me aparecia. E o delegado e o juiz, a polícia, o Centro Cívico Duque de Caxias, essas porra de uma cidade pequena filha da puta como aquela, eram umas instituições tão ridículas que uma peça de fantoches para a escola, que o George Harrison escreveu, fazendo uma paródia totalmente inocente, infantil, bobinha, dos programas eleitorais da televisão para as eleições de 1978 — parlamentares apenas —, onde o George Harrison fazia trocadilhos bobinhos com o nome dos candidatos, o coronel Erasmo Dias era o coronel Serás Um Dia, péssimo, foi proibida, censurada, tinha até camburão na porta da escola, e os três socialistas que havia naquela cidade filha da puta sempre sorriam e faziam o sinal de positivo, quando passavam pelo Glauberzinho na praia maravilhosa que hoje, cinquenta anos depois da revolução (rá rá rá), está se transformando numa bacia de cocô,democraticamente com toda a liberdade para se fazer merda quando e onde se quiser, embora seja proibido fazer topless, proibição esta que prova irrefutavelmente que no Brasil, em 2014, as mulheres ainda não têm os mesmos direitos que os homens, embora seja obrigatório aos homens, em vários prédios públicos, o uso de uma tira de pano amarrada no pescoço, já que sem uma tira de pano amarrada no pescoço um homem fica menos respeitável, e os responsáveis por criar proibições e obrigatoriedades são sempre, obrigatoriamente, pessoas inteligentes. Mas o Colégio São Vicente é que era maneiro/só tinha maluco, comunista e maconheiro. E o George Harrison foi morar no Rio de Janeiro mais ou menos perto daquele Verão da Abertura, 1979/80, e os colegas dele, do George, no São Vicente, também eram filhos de comunistas hippies e eles iam à praia no Posto 9 e ficavam lá fumando uns baseados, pegando uns jacarés, e o Glauber Rocha ficava assistindo aquilo tudo em volta, as aberturas, o Gabeira de tanga rosa que nem o Candinho em Ubatuba, só que no Rio a polícia deixava e o Glauber Rocha olhava para o Glauber Rocha fazendo uns discursos sensacionais e o Glauberzinho Rochinha de orelha aberta ouvindo aqueles discursos lúcidos loucos, dizendo que a loucura dele, Glauber Rocha, era a consciência dele, Paulo Martins, e tinha o Caetano Veloso meio sóbrio do lado da Dedé meio doidona, e o Macalé empinando pipa, e a Jaqueline e a Isabel, do vôlei, jogando frescobol, a Isabel grávida jogando frescobol, lindona. E a Regina Casé, do Asdrúbal, no Teatro Ipanema, falando aquele poema do Chacal, Camaleoa, lindona. E na nossa turma do São Vicente, do Posto 9, tinha a Mariana, que é neta do Vinicius de Moraes, que tinha uns treze anos e fazia topless, lindona, e na visão de mundo do Glauber Rocha que o George Harrison estava desenvolvendo, uma espécie de ideologia, o Macalé empinando pipa, a Mariana de treze anos fazendo topless, o Gabeira de tanga rosa e a Isabel grávida lindona eram peças importantes de um Brasil que o George Harrison achava que ia começar dali a pouco e que ia ser o Brasil do Glauber Rocha, do Darcy Ribeiro, do Jorge Mautner. Aquele conceito do Glauber Rocha: "A revolução é uma eztetyka". E o Gabeira falava coisas assim em *O que é isso companheiro?*, de novas eztetykas para uma nova esquerda, mas, sabe como é, o inconsciente coletivo das esquerdas já logo taxou aquilo de viadagem, de maconhice, de hippieismo, e há bem pouco tempo as esquerdas cariocas votaram no Eduardo Paes, alegando que o Gabeira era muito zona sul. E a Isabel grávida lindona jogando frescobol e aquela luz do meio-dia que o Glauber usou o tempo todo em *A Idade da Terra*, "as luzes misteriosas dos tropykos", e ainda era ditadura e ainda havia aquelas coisas meio ridículas, meio medievais, o dom Eugênio Sales, a Igreja, em plena perestroyka brasileira, exigindo e conseguindo a proibição do filme do Godard, no qual Maria, mãe de Deus, jogava basquete e era linda, e era um filme lindo, um filme extremamente cristão, muito mais cristão do que o dom Eugênio Sales e do que a censura religiosa e passava também um programa na televisão que tinha o Glauber Rocha, o Darcy Ribeiro, o Augusto Boal, o Brizola e o Lula, de boné, falando cuspindo, barbudão, com aquela voz, dando entrevista para o Sargentelli, e os padres que dirigiam o Colégio São Vicente eram ligados à Teologia da Libertação, ligados àquele bispo de Nova Iguaçu, que aqueles mesmos sádicos asquerosos que queimavam cigarros na bunda de crianças na frente dos pais comunistas e enfiavam coisas na vagina das mulheres comunistas torturaram, barbarizaram e mataram, aqueles caras revolucionários (rá rá rá). E as aberturas seguiam e as revistas de mulher pelada passaram a mostrar os pelos pubianos das mulheres, da Xuxa, e houve a primeira eleição para governador que o George Harrison viu na vida, e a Sandra Cavalcanti, que era candidata do trabalhismo de direita, do PTB, desceu a rua Cosme Velho em cima de um carro, fazendo comício, e os maconheiros comunistas amigos do George tacaram ovos em cima da Sandra Cavalcanti e foi um vandalismo delicioso, e o pessoal todo era muito livre e todo mundo gostava de ir para a escola e escrever o jornal, e formar umas bandas, e salvar os índios, e salvar a Amazônia, e salvar as baleias, e falar de política, e fazer faixas, e sair na rua com as faixas, e o Brizola ganhou a eleição e virou governador do Rio de Janeiro, e um monte de gente saiu pelada no desfile das escolas de samba na televisão, e um tempo antes da eleição do Brizola dois militares inteligentes, ligados a alguma linha heavy hard metal inteligente das Forças Armadas, tentaram explodir o Riocentro com um monte de comunistas e maconheiros e hippies e o Chico Buarque e o Milton Nascimento dentro, mas o cara inteligente dentro do carro acabou explodindo a própria genitália, bem feito, e outros desses defensores da revolução (rá rá rá) e de Deus explodiram umas bancas de jornal e explodiram uma secretária da OAB, umas porra dessas. E o general Figueiredo não precisou prender nem arrebentar ninguém para que milhões de pessoas fossem naqueles comícios pedindo eleições diretas para presidente da República, e alguns anos antes, em 1981, morreu o Glauber Rocha e eu fui ao velório e ao enterro do Glauber Rocha, e esses dois eventos políticos foram os eventos políticos mais importantes da minha vida, e outro dia eu estava vendo no YouTube o discurso do Darcy Ribeiro no enterro do Glauber Rocha e deu um desespero no George Harrison, aquelas coisas que o Darcy Ribeiro estava dizendo, porque se o Glauber Rocha não tivesse morrido de desgosto na época das aberturas, ele morreria de um desgosto muito maior agora, nesta época cuja eztetyka é a da caretice triunfante, a da classe baixa-alta comendo batata frita e a daquelas mulheres meio ricas, meio vagabas, com aquelas caras esticadas horripilantes. E um dia, sob o comando do papa João Paulo ii, a direita do Vaticano, essa que ajudou o Ocidente Capitalista a anexar os países da Cortina de Ferro e que promoveu altas parada financeiras estranhas e a proteção de padres pedófilos, essas porra, deu ordem, acho que foi em 1983, para que os padres libertários do São Vicente demitissem os professores comunistas e eliminassem os alunos maconheiros. No final da História da Revolução, não houve a eleição direta, o colégio eleitoral do Congresso Nacional Brasileiro elegeu um presidente de centro-esquerda que morreu antes de tomar posse e deixou em seu lugar um presidente de centro-direita que apoia todos os governos de direita, de centro ou de esquerda, desde a revolução (rá rá rá), um Centrão que não larga o poder nem a pau, e a Revolução de 1964 acabou sem revolução nenhuma, e o primeiro presidente eleito democraticamente depois da ditadura militar foi uma figura absolutamente ridícula, com um discurso altamente fajuto, cínico, de eztetyka mefistofélica, e o Brasil do Glauber Rocha e do Darcy Ribeiro e o amálgama brasileiro que o Mautner diz haver, essas porra, não têm a menor possibilidade, não vai rolar, Glauber, e o Índice de Desenvolvimento Humano é baixíssimo, e de vez em quando o George ouve o papo de algum babaca filho da puta no ônibus para cidadãos com baixo Índice de Desenvolvimento Humano ou na mesa do restaurante por quilo, na mesa ao lado, um desses babacas que trabalham numa firma filha da puta, dizendo que bom era na época da ditadura, ou que o que atrapalha é essas porra de direitos humanos que vêm aqui é pra soltar os bandido, porque em bandido tem é que dar porrada, tem é que ir pra pena de morte essas porra.

A história do rock

Para a minha mãe e para o meu pai

Um garoto George de três anos, trancado num quarto de hotel, a fechadura da porta quebrada, creio, faz mais de quarenta anos, muito tempo, era Londres, era perto do Natal, o pessoal, lá, tentando abrir a porta e o *Magical Mystery Tour* tinha acabado de ser lançado, e o George ouvia o *Magical Mystery Tour* que havia ganhado no Natal junto com *Help* e com um carrinho dourado do James Bond que tinha uma capota que abria e o assento ejetável. E aqueles trompetes todos do *Magical Mystery Tour*. E o George vai passar a vida toda, lá, tentando descrever, tentando explicar a sensação provocada por aqueles trompetes, a "Marselhesa", "Love Love Love", o eggman, e o "Fool on the Hill" era uma declaração de amor do George para a vizinha dele, e tinha um coro meio estranho, um negócio chamado "Flying", que é um negócio que quer dizer muita coisa para o George, mas o George não sabe por quê. E o George não é o Proust. O George nasceu na era do rock e nunca teve tempo, quer dizer, na era do rock acontece muita coisa, muito depressa, embora a lembrança nítida da maçaneta da porta daquele quarto de hotel possa desencadear fluxos de consciência legítimos, memórias, uma enxurrada, no George. O George também sempre gostou muito do Roberto Carlos, que foi o primeiro rock que o George conheceu, e você pode ter certeza de que as sensações provocadas no pequenino George pelo "Magical Mistery Tour", há muito tempo, são bastante piegas, como a lembrança do George, o George de mãos dadas com a babá, há muito tempo, no calçadão de Ipanema, tomando sorvete, procurando o pé do gigante, que não dá para ver de Ipanema — o gigante é o contorno dos morros do Rio visto do mar, um gigante deitado, e o pé do gigante era o morro onde estava escondido o diamante cor-de-rosa, o Pão de Açúcar, acho, do filme *Diamante Cor de Rosa*, aquele filme do Roberto Carlos cuja música tema, "O Diamante Cor de Rosa", tem um solinho de gaita que provoca fluxos de memória, de consciência, parecidos com os provocados por "Blue Jay Way", outra música muito louca do *Magical Mystery Tour*, do George, no George, e eu estou com vontade de chorar.

A mãe do George se casou pura e o pai do George, naquela época do começo da era do rock, poderia até implicar com a mãe do George caso a mãe do George saísse na rua vestindo uma saia de comprimento um pouco mais curto. E na casa do avô do George, pai da mãe do George, havia um quarto escuro nos fundos do quintal, um lugar esquisito, um covil. Os tios do George eram todos meio artistas e o covil dos tios do George era decorado com umas artes muito loucas dos tios do George, havia uma bateria também, o maior instrumento, o instrumento que fazia mais barulho, e George muitas vezes pensou em ser Ringo, mas o Ringo era baixinho, tinha aquele narigão, e havia também muitos discos de capas coloridas, trombones, tubas e bombardinos pendurados nas paredes, um pôster com uma ilustração na qual os Rolling Stones estavam à mesa, todos lambuzados de comida e vinho, com umas mulheres peladas nos colos, vestindo uniformes nazistas, e o George não conhecia os Rolling Stones, só os Beatles e os Monkees, e havia, nesse covil, o álbum com aquelas fotos do casamento da mãe do George com o pai do George. Havia passado uns seis ou sete anos desde o casamento da mãe do George com o pai do George, uns cinco ou seis anos desde o nascimento do George, e o George estava morando com o avô dele, do George, pai da mãe do George, e o George passava as tardes todas dele no covil, mexendo nas coisas dos tios meio esquisitos dele, do George, e o apelido do tio do George era Bombril por causa do cabelão que o tio do George tinha e o amigo do Bombril era o Melão, e na rua tinha um cara mais esquisito ainda, que era o Doidão, com uns óculos fundo de garrafa e uma cara de doidão, e o George tinha muito medo dele, do Doidão, porque o pessoal da rua falava que o Doidão consumia drogas, quer dizer, naquela época não se dizia "consumir drogas", o Doidão era é maconheiro mesmo, enquanto o pai do George e a mãe do George estavam nos Estados Unidos, fumando maconha, ouvindo o último disco dos Beatles e o novo disco do Miles Davis na época, que era o *Bitches Brew*, um disco doidão em que o John McLaughlin tocava guitarra elétrica e, naquela época, qualquer coisa que tivesse guitarra elétrica era considerada rock, e o pessoal que é sério, o pessoal que só gosta de jazz, até hoje não perdoa o Miles por ele ter se tornado um cara rock, como o George no covil, vendo o tio dele, do George, o Bombril, tocando bateria com o Melão, e o George não conseguia reconhecer os pais dele, do próprio George, naquele álbum com as fotos do casamento, já que, naquele tempo, parece que o tempo teve um corte assim, tá, e aquela noiva de branco, véu etc. no álbum, e aquele cara novinho, com o cabelo repartidinho assim, no álbum, não eram absolutamente, mesmo, de uma hora para outra, o pai do George e a mãe do George, que agora, naquela época, passaram a ouvir um rock muito esquisito, do tipo desse rock do Miles Davis, um rock que não tinha mais nada a ver com o Roberto Carlos, e os amigos dos pais do George eram tão esquisitos que dava até vergonha no George, se comparados com os pais dos amigos do George, na escola. E o George também foi percebendo que os pais dele, do George, eram maconheiros, igual o Doidão e o Jimi Hendrix, que de tanto fumar maconha acabou injetando drogas direto no cérebro, e o George ficava com um pouco de medo dos pais dele, do George, que eram maconheiros e meio comunistas também e podiam ser presos a qualquer momento.

O George de quarenta e cinco anos é muito mais parecido com o George de vinte anos do que o pai do George e a mãe do George de vinte e oito anos eram parecidos com o pai do George e a mãe do George de vinte e sete. É mais ou menos isso.

Dava um pouco de medo e dava um pouco de vergonha dos amigos dos pais dos amigos da escola, mas era o maior barato. Porque na escola mandaram o George ler o livro do Robinson Crusoé nas férias de julho e a mãe do Robinson Crusoé foi dar aula num curso de férias, em Ouro Preto, onde fazia frio e todo mundo usava umas roupas coloridas, assim, de frio, muito loucas, os hippies etc. e as roupas dos hippies eram iguais às roupas do Robinson Crusoé, e o George, quer dizer, o Robinson Crusoé, tinha uma camisa amarela — que era a camisa do Jairzinho —, uma calça com uns furos, de hippie, um colete verde, de hippie, uma boina verde de Robin Hood, de hippie e de Robinson Crusoé, e uma sandália de couro, muito hippie, que dava a maior vergonha na escola, mas que era perfeita para o Robinson Crusoé e os tios hippies do Robson Crusoé e os amigos dos tios do Robinson Crusoé e as namoradas dos tios do Robinson Crusoé, que usavam aquelas roupas coloridas, que tinham o cabelo meio assim, que eram parecidas com a namorada do George Harrison, que o George tinha visto na revista, ficaram hospedados num quarto da casa que a mãe do Robinson Crusoé e o pai do Robinson Crusoé alugaram em Ouro Preto, e eles, os tios do Robinson Crusoé, tinham um jipe amarelo e iam naqueles morros, naquelas cachoeiras, uns lugares muito loucos, ocasos muito loucos, a mãe do Robinson Crusoé estava lendo os livros do Carlos Castañeda e ficava contando as histórias para o Robinson Crusoé e o Robinson Crusoé voltava para casa cheio de carrapatos, e o Bombril pedia para o Robinson Crusoé ir lá na vendinha, atrás da igreja do Pilar, comprar palha de milho para fazer uns cigarros que o Robinson Crusoé desconfiava, mas tudo bem, que a melhor coisa que um garoto George pode ter na vida é ter uns tios maconheiros andando de jipe por aqueles lugares muito loucos ao redor de Ouro Preto, com aquelas namoradas iguais às namoradas dos Beatles e àquela lourinha dos Mamas and the Papas, aprendendo coisas que iam muito além das coisas que o George aprendia na escola, ouvindo umas músicas de rock que eram umas histórias que o próprio Robinson Crusoé podia inventar ouvindo *The Dark Side of the Moon* e o disco da vaca, e o Bombril estava lá, fazendo o curso do Rogério Duprat e tinha, lá na casa que a mãe do George e o pai do George alugaram em Ouro Preto, o *Tropicália*, com o Rogério Duprat com um penico enfiado na cabeça e aquilo era rock, e aquilo era igual aos Beatles, e a Rita Lee era igual às namoradas dos tios do George, e a babá da irmãzinha do George gostava dos Fevers, e o George estava sempre cantando o rock "perdi você porque não julguei que o nosso amor não fosse durar, já não sei o que fazer, nem por onde vou, pois eu preciso do seu olhar, eu grito seu nome chorando, mas você não ouve, vem, vem me ajudar, eu necessito de alguém para mim, vem, vem me ajudar, a minha vida é triste, sem alegria" e "mamãe, mamãe, coragem, a vida é assim mesmo", uma música do *Tropicália*, letra do Torquato Neto que o pai do George, alguns anos depois, citou num poema que escreveu sobre aquela época do rock, e a banda de rock conceitual, de rock de vanguarda que o George teve, anos depois, fez uma música para o poema, e tinha um solo de guitarra muito louco do Berna, uns vocais muito loucos da Andrea e uns sons muito loucos que o Lula botou no final da música, "Late Sixties", que falava mais ou menos dessa época em que o George, aquele garoto meio hippie, andava de jipe amarelo com os tios dele e com as lourinhas do Mamas and the Papas pelos morros muito loucos ao redor de Ouro Preto. On the screen of History the dream of an era is coming to its end. Na escola do George, os alunos ficaram proibidos, teve até cartinha para os pais, de cantar uma música dos Mutantes que dizia: "Top top top top top, larí, larí". Naquela época, expressões como top top top top top top eram consideradas muito sujas e pornográficas. E as pessoas boas eram as pessoas que tinham o cabelo repartidinho assim. Mas é indubitável: tios maconheiros num jipe amarelo assistindo ao sol morrer atrás da montanha, ouvindo a música do *Jornal Nacional* daquela época, que era do Pink Floyd, vão mais fundo nas questões do que aquela escola que o George frequentava, cujo vendedor de picolé, na saída das aulas, injetava maconha nos picolés, que era para as criancinhas ficarem viciadas nos picolés e comprarem sempre os picolés dele, segundo dizia a coordenação pedagógica daquela escola formadora de carinhas com cabelo repartidinho e moças que jamais dizem top top top top top, larí, larí, semelhantes meus, meus irmãos. Quando o George ouviu o rock do Arrigo pela primeira vez, a vida dele, do George, mudou de novo, muitos anos mais tarde.

A irmãzinha do George era o Paul. George tocava balalaica e Paul tocava bateria usando dois lápis como baqueta e um estojo de plástico como bateria. Às vezes, o primo do George era o

Paul. O George era o David dos Monkees e o primo do George era o Mike. O George era o... (esqueci o primeiro nome) Ricardo e o primo do George era o Nei Matogrosso, nos Secos & Molhados. O George era o Multi-Homem, era o Batman, era o Manfrini, era Sir Lancelot de *Lendas e Mitos do Rei Arthur e seus Cavaleiros da Távola Redonda*, do Rick Wakeman, que fez shows no Brasil um pouco antes do Alice Cooper e do Genesis, no Maracanãzinho, no Rio de Janeiro, e nenhum desses caras ia fazer show em Belo Horizonte, e o George era o Tommy, do Who, da música da corrida de Fórmula 1, e o George era o Jack Stuart e era o Rep, da Holanda, e o George cantava hare Krishna, hare Krishna com o acompanhamento do estojo de plástico do Paul e a balalaica, junto com a música do George, daquele disco *All Thing Must Past*, um álbum triplo que a mãe e o pai do George trouxeram dos Estados Unidos, daquela viagem na qual o George ficou na casa do avô, no covil, assistindo aos ensaios da banda de rock do Bombril, do Melão e do Gordo, para um show chamado *Rock Funeral* e vendo na TV os Mutantes, no programa do Flávio Cavalcanti, e a TV era em preto e branco.

Um garoto George, com doze anos, morando numa cidade pequena dessas de praia, numa época em que cidades pequenas de praia eram cidades pequenas mesmo e não tinha barulho de carro, e o George ouvia um roquinho que vinha do parquinho de diversões lá no fundo, da Cely Campelo, que estava na moda por causa de uma telenovela retrô sobre o final dos anos 1950, o Mario Prata se lembrando da namorada dele e da história do rock dele. Teve um dia de manhã, longe da temporada de férias, assim uma terça-feira de uma cidade de praia muito pequena, e era o amanhecer de um dia cinzento, com vento quente, e atrás da casa do George tinha um casarão antigo, o prédio histórico da cidade, e tinha um pessoal doidão que apareceu por lá, os netos do dono do casarão, e eles, esses caras muito loucos, ficavam ouvindo o Sgt. Peppers e o Jimi Hendrix, e o George prestou muita atenção numa música do *Dark Side of the Moon* tocando alto, de manhã cedo, o vento quente, aqueles solos de guitarra limpinhos do David Gilmour, uma que falava que o tempo passava cada vez mais rápido com a idade, que todo mundo fica planejando coisas para o futuro, planejando coisas em vez de viver as coisas, mais ou menos isso, o George nunca aprendeu inglês direito, o George inventava muitas letras de rock em português, ouvindo o Pink Floyd e esses caras todos, e a letra da música do *Dark Side of the Moon* dizia que uma hora você vai acordar num lugar, uma hora de repente, e a vida toda aconteceu e você está ali, sem recompensa alguma, sentindo que a vida é só isso mesmo e o cara do Pink Floyd decide que a vida dele, do Roger Waters, tinha que acontecer no agora, e o garoto George lá, ouvindo a música e vendo, pela fresta da janela, um canto da parede cor-de-rosa do casarão, essa luz de amanhecer nublado e aquela sensação do Roberto Carlos, do *Magical Mystery Tour*, de "Please Mr. Postman", cantada pelos Carpenters, que cantam esses rocks que fazem o George se lembrar da namorada na pracinha da cidade pequena, comendo pipoca, ouvindo "Estúpido Cupido" no alto-falante do parquinho, essas músicas que, quando o George é um cara jovem, um jovem meio punk, meio assim uma coisa nova, a Nina Hagen, o Devo, aqueles amigos do George, skatistas de cabelo verde, ou então um jovem sério que só gosta de jazz, meio de vanguarda, ele, o George, ficava detestando, ficava achando cafona, igual o rock do Roberto Carlos, quando o George só gostava de rock progressivo, e depois o Cazuza e o Lulu Santos, que eram os jovens do rock que não era de vanguarda, que estavam na moda, na mesma época em que o George tinha um grupo de vanguarda que era igual o Arrigo, igual o Frank Zappa, igual o King Crimson, igual o *Bitches Brew* do Miles Davis e, antes, quando apareceram os Bee Gees e *Os embalos de sábado à noite* e o George só gostava de rock, do Yes, do Led Zeppelin, do Deep Purple e ficava escrevendo cartas para a revista POP, onde havia, nas seções de cartas, uma briga entre o pessoal que só gostava de discoteque e o pessoal que só gostava de rock, e o rock que o George mais gostava era o do Bob Dylan com a The Band, tinha um disco ao vivo deles que o George ouvia toda noite, pensando numa época em que ele iria morar no Rio de Janeiro e ia ter uma namorada, e ia tocar numa banda de vanguarda que tinha um trompetista, o Saulo, que disse para o George, querendo dizer que o grupo de vanguarda do George não era lá isso tudo, que aquilo lá era só rock e o George concordou, se lembrando dos Rolling Stones, its only rock'n'roll, e o George ia ser acompanhado por aquela emoção muito louca do "Blue Jay Way", do George, e do *Diamante Cor de Rosa*, por aquela música do *Dark Side of the Moon* que une os tempos, de repente o George acorda em um tempo qualquer, o George trancado no quarto de hotel com o carrinho do James Bond, o George ouvindo aquele disco muito louco com o Rogério Duprat com o penico na cabeça na capa, com os tios maconheiros dele, do George, o George acordando num lugar de repente, num momento em que a vida parece ter passado, aqueles caras lá embaixo, cheios de cabelos meio assim, cheios de coisas espetadas na cara, e o George achando aqueles caras muito loucos meio bobinhos, esses jovens atuais já era, the dream is over, discoteque ainda era rock, mas essa música eletrônica atual não é mais rock, o avô do George, lá, dizendo para o Bombril que aquilo não é música, que aquilo não é cabelo, que aquilo não é roupa, o garoto George, acordando na meia-idade que nem o cara da música do *Dark Side of the Moon*, ouvindo "Saturday Night Fever", achando o maior barato, pensando que as músicas do Lulu Santos, e as do Cazuza mais ainda, aqueles caras que não eram de vanguarda quando o George era de vanguarda, lá no Circo Voador, abrindo os shows de rock que não eram de vanguarda, o público vaiando, querendo ver logo o show do Cazuza, o George achando o maior barato, igual o Caetano Veloso com os Mutantes, o Antônio e o Paulão mostrando a bunda para o público, dão aquele mesmo troço que o *Magical Mystery Tour*, que as músicas do Roberto Carlos, que as músicas do Tim Maia.

Saca os Mothers, aqueles caras que tocavam com o Zappa? The Mothers of Invention. Eles estão velhos e outro dia vieram tocar aqui na rua do George. Os Rolling Stones não estão velhos. Os Rolling Stones estão lá na televisão, os Rolling Stones ainda são iguais ao que eles eram na época deles, dos Rolling Stones, com rugas muito saudáveis e namoradas iguais às namoradas dos tios do George na era dos Rolling Stones, igual a Patty, a namorada do George Harrison, que trocou o George Harrison pelo Eric Clapton. Os Mothers, não. O próprio cara dos Mothers, aquele cara que nas músicas do Zappa sempre fazia uma voz aguda caricata, que agora é velho, disse que eles, os Mothers, não são mais Mothers, que eles são os Grandmothers of Invention. E o guitarrista, que é um doidão, aquele das "guitarras impossíveis", do Zappa, era um velho com cara de velho, roupa de velho, só que usando um chapéu assim meio diferente, meio que de Robinson Crusoé. E o tecladista, que no YouTube é um doidão assim todo cabeludão, pior do que o Bombril, agora é velho, de camisa xadrez, só uma hora lá é que ele botou uns óculos com umas luzes piscando.

A história do futebol

Para Sérgio Sant'Anna e Ivan Sant'Anna

Quando o futebol foi inventado, em 1969, o George Harrison era de Belo Horizonte, e no prédio dele, na escola dele, na rua dele as pessoas ou eram Atlético ou eram Cruzeiro. O primo do George era Atlético. O George era o Tostão do Cruzeiro.

O pai do Tostão e a família do pai do Tostão eram do Rio e tinham uma ligação muito forte com o Fluminense. Um tio-avô do Tostão, um desses tios-avôs que morriam tuberculosos com vinte e poucos anos, tinha sido atleta do Fluminense, goleiro no Fluminense. E tinha o tio do Tostão, irmão do pai do Tostão, que era do Rio, que era muito fanático pelo Fluminense. Os filhos do tio do Tostão, os primos do Tostão, tinham nomes de jogadores que fizeram gols importantes pelo Fluminense. E toda vez que o Tostão ia pro Rio, nas férias, tinha essa coisa do Fluminense.

Inclusive, dois dias depois do nascimento do Tostão, o Fluminense começou a ganhar o Campeonato Carioca de 1964, contra o Bangu — 1 a 0 e 3 a 1 —, e o goleiro do Fluminense campeão carioca de 1964, cinco anos antes da invenção do futebol, cinco minutos antes do nada, dois dias depois do nascimento do Tostão, era o Castilho, um mito das Laranjeiras, e o Castilho só tinha quatro dedos na mão esquerda. E o Tostão nasceu com quatro dedos na mão esquerda, dois dias antes da final contra o Bangu. Pelo método de escolha de nomes do tio do Tostão, o Tostão poderia ter se chamado Castilho.

E o Fluminense tem essa coisa de goleiro, e o goleiro do Fluminense na época em que inventaram o futebol, em 1969, era o Félix, e o Félix era o goleiro da Seleção Brasileira. E havia uma coleção de miniaturas dos jogadores da Seleção que iam jogar e ganhar a Copa do Mundo de 1970, de plástico. Para ganhar uma miniatura de um jogador da Seleção de 1970, o Tostão tinha que juntar uma certa quantidade de tampinhas de refrigerante. O Tostão queria o Félix, mas a tia do Tostão, que também tinha juntado tampinhas de refrigerante, trocou as tampinhas dela pela miniatura do Félix antes que o Tostão o fizesse, e, pra não ficar com uma miniatura igual à da tia, o Tostão ficou com o Jairzinho mesmo, que era o jogador que mais fazia gols. O Pelé era óbvio demais. Todo mundo tinha o Pelé. O melhor amigo do Tostão na escola, em Belo Horizonte, era Atlético, jogava muita bola, era canhoto e, por ser canhoto, era o Rivelino, mesmo que o Rivelino, que era do Corinthians, fosse de um time de São Paulo e não de Belo Horizonte. Então, o Tostão também não achou nada de mais deixar de ser Tostão e ser o Félix, mesmo sendo ele, o Tostão, também jogador da Seleção, além de ser Cruzeiro, que é um time de Belo Horizonte.

O Félix sempre passava férias ou no Rio ou em Ubatuba, no litoral de São Paulo. Às vezes, o Félix levava o Rivelino para passar férias com ele em Ubatuba. O Rivelino era muito magro e era gago. O Rivelino era bem mais miudinho que os caras que jogavam futebol no campinho em frente à casa do avô do Félix em Ubatuba. E o Tostão gostava de exibir o Rivelino para os moleques de Ubatuba, que sempre diziam: "Ai ai ai! Arregaça, o marditinho!".

Na Seleção de 1970, tinha o Tostão, do Cruzeiro, e tinha o Félix, do Fluminense. O Félix, no dia do jogo contra o Peru, que foi à noite, ficou procurando, na imagem cheia de chuvisco da televisão daquela época, a bandeira do Fluminense que o tio dele, do Félix, tinha levado para o México. O Félix e o pai dele acharam a bandeira do Fluminense na arquibancada, pela televisão, que era em preto e branco, uma porcaria de imagem. Teve um dia também que o Félix foi com o Rivelino visitar uns parentes do Rivelino em um bairro da periferia de Belo Horizonte. Chovia muito e o pneu do carro do pai do Rivelino furou e não deu para chegar na casa dos parentes do Rivelino a tempo de ver o jogo do Brasil na televisão. O Félix ouviu o jogo no rádio do carro do pai do Rivelino, e caía aquela chuva, e era 1970, o rádio cheio de estática e aqueles gols do Brasil, do Jairzinho, o locutor do rádio berrando palavras entusiasmadas sobre o Jairzinho, o Furacão da Copa, e o Félix tinha a miniatura do Jairzinho e podia reproduzir, com o bonequinho, aqueles golaços do Jairzinho em 1970, e tinha uns jogos à noite e o pai do Jairzinho chegava à noite do trabalho com uns pacotes de figurinhas com os jogadores da Seleção para o álbum de figurinha que o Jairzinho nunca completou.

No dia em que o Brasil ganhou o jogo contra a Itália, na final da Copa de 1970, o Jairzinho, durante o jogo, ficava correndo da casa dele, Jairzinho, para a casa do Rivelino. Ia e voltava com o Rivelino, e o Brasil foi tri, e Belo Horizonte era uma cidade ainda meio pequena, e tinha aqueles carros todos nas ruas, e o Jairzinho morria de medo de fogos de artifício, e tinha muitos fogos de artifício, e o Jairzinho ficou meio que com medo e meio que eufórico, em Belo Horizonte, na casa do avô dele, à noite, aquela comemoração toda, e o tio do Jairzinho, um de Belo Horizonte, o Bombril, aquele que fazia rock, ficou soltando fogos de artifício.

No final de 1970, o Jairzinho viu o Fluminense ser campeão brasileiro pela televisão. Tinha o Félix e o Jairzinho jogava de goleiro no time da classe dele, em Belo Horizonte, na escola. No final de 1970, havia uns álbuns de figurinhas fazendo propaganda da ditadura militar: *Pra Frente, Brasil*; *Brasil, Ame-o ou Deixe-o*; *Brasil Gigante* e tal. E o Jairzinho roubava uns trocados da carteira do pai dele para comprar essas figurinhas. E tinha uma figurinha do Jairzinho. Uma das maiores broncas que o Jairzinho tomou na infância foi quando o pai dele, do Jairzinho, pegou o Jairzinho no flagra roubando dinheiro para comprar figurinha da ditadura militar. O pai do Jairzinho era meio de esquerda, meio hippie e ficou muito bravo com o Jairzinho, não tanto pelo dinheiro roubado, mas pelo fato do Jairzinho estar roubando aquele dinheiro para comprar figurinhas da ditadura militar. A mãe do Jairzinho até tentou convencer o Jairzinho a trocar o álbum *Pra Frente, Brasil* por um álbum de ciências naturais, mas o Jairzinho preferia as figurinhas do presidente Médici, do Sujismundo, da Lotus do Fittipaldi, da Tyrrell do Jack Stewart, do Félix, do Jairzinho, do Tostão, do Gérson, do Pelé, e tinha umas figurinhas com fotos sequenciais dos gols da Seleção e aquelas fotos sequenciais do último gol do Brasil contra a Itália, aquela jogada em que o Clodoaldo driblou uns três italianos sem encostar o pé na bola, só com o jogo de corpo, e depois aquele passe indolente do Pelé, um passe para o ponto futuro onde o Carlos Alberto surgiria para chutar em gol, aquela jogada toda que é uma obra de arte, uma prova da genialidade humana, da capacidade que o ser humano tem de fazer cálculos precisos que envolvem física, matemática, raciocínio abstrato, arte. Naquela época, o Jairzinho tinha só sete anos e ainda não sabia que futebol era matemática e era arte.

Imagina só um moleque que era o Tostão, o Félix e o Jairzinho, que vivia em Belo Horizonte, que torcia para o Cruzeiro, e tinha um tio rico no Rio de Janeiro, que era amigo dos jogadores do Fluminense, que conhecia pessoalmente o Félix, o Marco Antônio, o Cafuringa e todos esses jogadores do Fluminense de 1971. Agora, imagina esse tio mandando umas passagens de avião para o Jairzinho e para o pai do Jairzinho irem ao Rio de Janeiro ver a final do Campeonato Carioca entre Fluminense e Botafogo. O Jairzinho era Cruzeiro, mas no Rio de Janeiro, com o pai, o tio, os primos, no Maracanã lotado, ele, o Jairzinho, era Fluminense também. E como o Jairzinho jogava no Botafogo, o Jairzinho teve que voltar a ser Félix, o goleiro do Fluminense naquela final. No finalzinho do jogo, finzinho mesmo, teve o gol do Fluminense e o Fluminense foi campeão, e foi a maior confusão, porque o Marco Antônio, lateral do Fluminense, tinha empurrado o goleiro do Botafogo e deixou o Lula livre para fazer o gol, e os jogadores do Botafogo foram pra cima do Marçal, que era o juiz, e o Félix perdeu totalmente o medo de fogos de artifício, porque era muito rojão, barulho, fumaça, não tinha como evitar, e o Fluminense foi campeão e o Félix já não era Félix depois do jogo, era Lula, e o final da história foi ainda mais inacreditável: imagina que o tio do Lula comprou a camisa 11 do Lula, toda suada, logo depois do jogo, e o tio do Lula e o pai do Lula e o Lula saíram do Maracanã na Kombi junto com os jogadores do Fluminense, e o Lula saiu do Maracanã vestindo a camisa 11 do Lula toda suada e a camisa 11 parecia um vestido no Lula, que era um garotinho feliz da vida, indo para a sede do Fluminense, nas Laranjeiras, ouvindo o Marco Antônio dizer que, sim, que ele, o Marco Antônio, tinha mesmo empurrado o goleiro, deixando o Lula livre para fazer o gol, e outro dia mesmo, no dia em que o gol ilegal do Lula fazia quarenta anos, eu achei engraçado quando os caras da mesa-redonda da televisão ficaram discutindo se o gol do Lula tinha sido ilegal ou não, quando o Lula, pessoalmente, tinha ouvido o próprio Marco Antônio dizer que o gol tinha sido ilegal, e não é qualquer garotinho que pode tirar uma onda dessa na escola em Belo Horizonte, ter andado de Kombi junto com o lateral esquerdo da Seleção, e eu fiquei meio emocionado com a lembrança.

No dia seguinte, o Lula voltou para Belo Horizonte com o pai dele, num jatinho que o tio do Lula tinha fretado, e o jatinho, teve uma hora, ficou de cabeça pra baixo no céu.

Em Belo Horizonte, no primeiro ano primário, o Fluminense não existia. Só tinha o Atlético, o Cruzeiro, o América, vá lá, e o Vila Nova, de Nova Lima, que não tinha nem um torcedor. O Lula prosseguiu sendo Cruzeiro, para poder fazer parte de alguma tribo na escola. Mas, mesmo sendo Cruzeiro, o Lula era o Lula do Fluminense. E o Tostão foi embora do Cruzeiro e o Lula chegou a ser João Ribeiro, um cara que jogou no Cruzeiro só um pouquinho, e depois nunca mais, e o Lula foi simpatizante um pouquinho de um Botafogo que foi vice-campeão brasileiro e que ainda tinha o Jairzinho, e tinha o Marinho, aquele louro, lateral esquerdo, que tomou uma porrada do Leão depois do jogo contra a Polônia, na Copa de 1974, porque o gol do Lato, da Polônia, foi feito com uma jogada nas costas do Marinho pela lateral esquerda.

O Lula era Marinho por causa daquele time do Botafogo de 1972/3, porque aquele time do Botafogo disputou a Libertadores, e tinha uns jogos tarde da noite, e o pai do Marinho acordava o Marinho para ver os jogos do Botafogo na Libertadores tarde da noite, e era legal, e porque o Marinho era louro, quando ele, o Marinho, se apaixonou pela primeira vez, na escola, e até hoje, quando vejo o Marinho na televisão, eu me lembro do meu primeiro amor, a menina da escola em 1974/5.

Mas o Marinho, quer dizer, o Lula, se tornou definitivamente Fluminense na final do Campeonato Carioca de 1973. A televisão na casa do Marinho ainda era em preto e branco, a mesma de 1969 em que o Tostão viu o Pelé marcar o milésimo gol, a mesma de 1971, quando o Atlético foi campeão brasileiro. E tinha o pai, a luz apagada, aquela imagem meio mais ou menos da televisão que era pura poesia, e o primeiro tempo acabou com o Fluminense ganhando por 2 a 0. Mas o Flamengo empatou logo no começo do segundo tempo, com dois gols do Dario, o Dadá Maravilha, e tinha o Manfrini, que foi o cara que fez o terceiro gol do Fluminense, o gol da virada, e depois teve mais um gol, o jogo foi 4 a 2 para o Fluminense, e o Lula já era Manfrini e ficou muito feliz vendo o pai dele, do Manfrini, feliz com o título do Fluminense. Nesse dia, o tio do Manfrini conseguiu a camisa do goleiro, do Félix, lá no Maracanã.

Na escola, em Belo Horizonte, em 1973, o Manfrini percebeu que tinha lá seu charme torcer para um time diferente de Atlético ou Cruzeiro, um time do Rio de Janeiro. Ser carioca na Belo Horizonte de 1973 era uma coisa muito especial, superior. Depois de ser campeão, o Manfrini virou carioca.

O primo do Manfrini era Atlético. O Manfrini e o primo dele, de Belo Horizonte, jogavam futebol de botão e levavam muito a sério o futebol de botão lá deles, do Manfrini e do primo do Manfrini. A mesa/estádio de futebol de botão do primo do Manfrini era o Mineirão e a mesa/estádio do Manfrini era o Maracanã. Os jogadores eram lentes de relógio de vários tamanhos. O primo do Manfrini jogava futebol de botão bem melhor do que o Manfrini, mas o melhor jogador/lente do campeonato deles, lá, era o Lula, que fazia parte do time do Manfrini junto com o Manfrini e vários outros jogadores do Fluminense, como o

Pintinho, que tinha um jeito de tocar a bola, uns lançamentos em profundidade que o Manfrini gostava muito de ver, e o Cléber. O goleiro do Fluminense em 1973/4/5 era o Félix, mas o goleiro do time de futebol de botão do Manfrini era o Wendell, que era goleiro do Botafogo, aquele Botafogo dos jogos da Libertadores de madrugada, quando o Manfrini, quer dizer, o Marinho, sentia uma emoção especial com o pai dele, do Manfrini/ Marinho, de madrugada em Belo Horizonte.

O Manfrini levava seus jogadores para jogar no Mineirão, na casa do primo, usando uma caixa de sapato. A caixa de sapato era o avião e o Manfrini entrevistava os jogadores enquanto ia para a casa do primo atleticano, que ficava a uns três quarteirões da casa do Manfrini. O Manfrini e o primo do Manfrini faziam negócios com suas lentes/jogadores, e o Campos era o ídolo do Atlético em 1973/4, e o Campos humano foi pego no exame antidoping, e o primo do Manfrini vendeu a lente que se chamava Campos para o Manfrini por cem mil cruzeiros. E o Manfrini dopou o Campos dele, do Manfrini. A substância proibida era talco. Era proibido passar talco nas lentes/jogadores. E o Manfrini passou talco no Campos e o Campos foi pego no exame antidoping do primo dele, do Manfrini, que era observar o jogador contra a luz, usando uma lente de aumento e detectar marcas de talco.

Em 1974 o Manfrini viu o Manfrini quebrar o braço — fratura exposta — no Mineirão, numa partida contra o Cruzeiro. O Cruzeiro ganhou essa partida e o Manfrini rompeu definitivamente com o Cruzeiro. O Manfrini passou até a ter mais simpatia pelo Atlético do que pelo Cruzeiro. Uma simpatia que o Manfrini jamais confessaria ao seu primo atleticano. O Gerson até torceu para o Atlético naquela final de campeonato, que o Flamengo, do Zico, jogou contra o Atlético, do Reinaldo, e o Reinaldo estava com o joelho todo fodido, mancando, e fez um gol mesmo assim, mas o Flamengo virou o jogo. Em 1974 o tio do

Manfrini foi a Belo Horizonte acompanhando o time do Fluminense e levou o pai do Manfrini para o Mineirão, e o pai do Manfrini foi ao vestiário do Fluminense, e o Félix teve uma distensão muscular, e o Edinho, que só tinha uns dezessete anos e começava a ter as primeiras oportunidades no time principal, ganhou a rifa de um relógio, e o pai do Manfrini disse que "O garoto estava todo feliz no vestiário com o relógio", e o Manfrini não pôde ir ao Mineirão por causa da escola e ficou meio contrariado. Não foi um bom ano para o Fluminense, o 1974. Foi o ano em que o Manfrini se tornou Marinho e o Marinho se tornou Rep durante a Copa do Mundo de 1974.

Sempre a televisão em preto e branco, o pai, a imagem com chuvisco, a luz da sala apagada. Com o pai, o Marinho assistiu ao VT do jogo da Holanda contra a Argentina na Copa de 1974. Foi uma goleada da Holanda e o pai do Marinho ficou mostrando para o Marinho que aquele time da Holanda era diferente, que todos os jogadores iam na direção da bola ao mesmo tempo, quando o adversário estava com ela. Quando tinham a posse da bola, os holandeses não tinham posição fixa e iam todos juntos, trocando passes, na direção do gol inimigo. Era o Carrossel Holandês. E tinha o Cruyff, que era um negócio à parte, um jogador que estava em todos os lugares do campo ao mesmo tempo. E o pai do Marinho dizia que a Holanda era um país diferente, que as mulheres dos jogadores holandeses podiam dormir na concentração, que o Cruyff, o Kroll, o Rep e os outros bebiam vinho nas refeições, essas coisas. Cruyff era gênio, mas o Rep era galã, e o Marinho viu uma imagem da mulher do Rep na televisão e achou a mulher do Rep muito bonita, além de ter um jeitão quase meio hippie, e o Marinho quis ser Rep e sonhou um dia ter uma mulher holandesa, loura, meio hippie, prafrentex, e o Marinho foi Rep nas férias de julho em Ubatuba, quando o Rivelino, aquele de Belo Horizonte que torcia para o Atlético, foi

Cruyff, e o Rep e o Cruyff eram sempre os primeiros a ser escolhidos para os times no campinho de pelada em frente à casa do avô do Rep. O craque era o Cruyff, mas o Rep também ficava com um pouco da fama.

E o Rep sobrevive até hoje, e o Carrossel Holandês é algo que o Rep tenta reproduzir, mais ou menos, quando escreve. Uma liberdade organizada, aqueles caras em campo, aquele alaranjado, um futebol meio psicodélico. Teve uma jogada, contra o Uruguai, que o Pedro Rocha, do Uruguai, estava com a bola no meio de campo, ele sozinho no enquadramento da televisão, que já era colorida na casa do avô do Rep em Belo Horizonte, uma Telefunken. De repente, começa a aparecer holandês de tudo quanto é lado e o Pedro Rocha não tem por onde escapar e logo perde a bola. Dez jogadores indo na mesma bola. E aquele jeito de jogar do Carrossel que tem a ver com viver o presente, ir na bola onde ela estiver no momento, a simultaneidade, todos os jogadores ocupando todos os espaços, a improvisação coletiva que é puro jazz. A improvisação coletiva dos holandeses, puro jazz. O Rep, lá, correndo atrás do jazz. Futebol, música, literatura, tudo a mesma coisa. Uma parada zen budista muito louca.

O Rivelino até parou de torcer para o Atlético, lá em Belo Horizonte, e passou a torcer para o Fluminense também, igual o Rep. A sorte do Rivelino é que o Rep ainda estava cheio de Carrossel Holandês na cabeça e permitiu que o Rivelino continuasse sendo Rivelino em 1975. Mas isso não durou muito tempo, não.

Mas é que o Rivelino saiu do Corinthians, e o Rivelino era o melhor jogador brasileiro naquela época, o camisa 10 da Seleção em 1975, e foi para o Fluminense. Ele deixou de ser o Reizinho do Parque para ser o Curió das Laranjeiras. O Rivelino é um desses caras que gostam de passarinho. Que nem o Garrincha. Se bem que o Garrincha matava passarinho.

Mas é que o Fluminense montou um time tão impressionante em 1975, que os caras na televisão começaram a chamar o Fluminense de Máquina. E o Fluminense ganhou do Atlético de 5 a 2, e o Rep, que perdia todas as partidas de futebol de botão para o seu primo atleticano, sentiu uma felicidade incrível e, no dia seguinte, comprou uma camisa 10 do Fluminense, camisa do Rivelino. Além disso, em 1975 o Fluminense foi jogar em Belo Horizonte contra o Cruzeiro, e o Rivelino e o Félix estavam machucados. No caminho para o Mineirão, o pai do Rivelino disse para o Rivelino que estava pessimista para o jogo, o Fluminense sem o Rivelino. O Cruzeiro fez o primeiro gol e o Pintinho empatou para o Fluminense. O Paulo César Caju era habilidoso, craque etc. Ninguém gostava do Paulo César em 1975. Todo mundo vaiava o Paulo César. Todo mundo achava o Paulo César metido a besta porque o Paulo César era preto e vestia umas roupas fashion, namorava umas louras, era amigo da princesa Caroline de Mônaco, jogava frescobol com umas gatas em Ipanema, usava sunga roxa e tinha um cabelão black power pintado de acaju. E preto jogador de futebol no Brasil, em 1975, não podia vestir roupas fashion, não podia namorar umas louras, não podia ser amigo da princesa Caroline de Mônaco, não podia jogar frescobol com umas gatas em Ipanema, não podia usar sunga roxa, não podia pintar o cabelo de acaju. Podia ter cabelo black power, fazer o quê? Em Belo Horizonte, além de ser um crioulo metido a besta, o Paulo César tinha outro defeito insuportável: era carioca, vivia em Ipanema, igual ao Chico Buarque, do Fluminense, que o pessoal dizia que era de esquerda, mas ficava bebendo champanhe na beira da piscina.

Naquele jogo contra o Cruzeiro, o Paulo César fez um gol olímpico no último minuto e o Fluminense ganhou o jogo, e naquela noite, em Belo Horizonte, havia um Rivelino feliz. De noite, em casa, o Rivelino fechou os olhos e via, no escuro, uns flashes do jogo, o verde quase fosforescente do gramado, as três cores. E os cruzeirenses ficaram com ódio do crioulo metido a besta.

O final de 1975 foi marcante para a história do futebol.

Os pais do Rivelino tinham se separado, a mãe do Rivelino resolveu morar em Ubatuba, o pai do Rivelino arrumou outra televisão em preto e branco e foi morar numa casa em uma cidade subúrbio da Grande BH, o Fluminense, a Máquina, que ganhou um jogo do Palmeiras por 4 a 2, na ocasião em que outro tio-avô do Rivelino, que amava muito o Fluminense, teve um enfarte em pleno Maracanã, estava classificado para a semifinal, que ia ser contra o Internacional, e o Lula, aquele de 1971, estava jogando no Internacional de Porto Alegre. Pai separado leva filho muito em jogo de futebol, e em 1975, o Afonsinho, aquele que brigava pelo passe livre para os jogadores de futebol, que era médico, politizado, barbudo, cabeludo, meio hippie, meio de esquerda, jogava no América-MG, e o pai do Rivelino era amigo do Fernando Brant, aquele do Milton Nascimento, que torcia para o América-MG e era amigo do Afonsinho, e nessa turma tinha o Gonzaguinha também, e o Rivelino, quando o América--MG jogava no Mineirão, ia com essa turma esperar o Afonsinho sair do estádio para ir tomar umas brahmas, que o Afonsinho era que nem os holandeses do Carrossel, meio maluco.

Em Belo Horizonte, não ia passar Fluminense e Internacional na televisão cheia de chuvisco do pai do Rivelino. Em Belo Horizonte, ia passar Santa Cruz e Cruzeiro, já que o Cruzeiro era um time de Belo Horizonte.

Na televisão em preto e branco cheia de chuvisco, na cidade subúrbio da Grande BH, o Cruzeiro ganhou do Santa Cruz e o Internacional ganhou do Fluminense. Na televisão cheia de chuvisco e poesia, o Rivelino viu os flashes do Maracanã, os gols do Lula. Filho da puta, o Lula.

Com onze anos de idade, na passagem de 1975 para 1976, o Rivelino foi morar em Ubatuba, na beira da praia, com a mãe e a irmã. O Rivelino ganhou, no Natal, em 1975, um jogo de camisas numeradas e um time de futebol de botão todo colorido de tricolor e, quando chegou a Ubatuba, foi logo se tornando jogador de futebol profissional. Totalmente carioca.

O Rivelino passava umas seis horas por dia jogando futebol no campinho de pelada em frente à casa do avô dele, do Rivelino, que naquela época — 1976/7/8 — passou a ser a casa dele, do Rivelino. O Rivelino comprava a revista *Placar* toda semana e sabia a escalação de todos os times grandes brasileiros de 1976/7/8. Em Ubatuba, os moleques do campinho de pelada logo descobriram que o craque mesmo era o Cruyff, e não o Rep, e perderam completamente o respeito pelo Rivelino. O Rivelino era todo viadinho, da cidade grande, carioca, não sabia andar de bicicleta, tomava umas porradas na escola, e o time do Fluminense em 1976 era Renato; Carlos Alberto Torres, Miguel, Edinho e Rodrigues Neto; Pintinho e Paulo César Caju; Gil, Doval, Rivelino e Dirceu.

Não passava nem um jogo do Fluminense na televisão, em Ubatuba, em 1976/7/8, que só tinha uns dois canais de televisão, com uma imagem bem pior que a de Belo Horizonte, e o Rivelino ouvia todos os jogos no rádio do fusquinha branco da mãe dele, placa AO-3077, parado na frente da casa do avô dele, onde o Rivelino estava morando, uns jogos que iam pela noite, os comentários e as reportagens iam pela madrugada, a narração do Jorge Cury, do Waldir Amaral, do José Carlos Araújo, que o Rivelino sabia imitar direitinho: "Entrou!". João Saldanha e Mário Vianna. Aquela cidade muito pequena, ninguém na rua, estrelas, barulho do mar, o Rivelino lá, sendo Rivelino ou Rep, ou Pintinho, ou Bagatini, goleiro do Caxias do Sul. E na final do Campeonato Carioca de 1976, o Doval fez o gol do título no último minuto da prorrogação, de cabeça, contra o Vasco. E o Rivelino lá no fusquinha, domingo de noite.

Na semifinal do Campeonato Brasileiro de 1977, o Rivelino foi ao Rio ver Fluminense e Corinthians. E o Corinthians ganhou o jogo nos pênaltis, e tinha mais corintiano no Maracanã do que torcedores do Fluminense. E foi muito ruim voltar para Ubatuba e tomar uns cascudos na cabeça, os corintianos chamando o Rivelino de viadinho.

E quando o Corinthians foi jogar a final do Campeonato Paulista de 1977 contra a Ponte Preta, e havia vinte e dois anos que o Corinthians não ganhava título algum, o Rivelino e uns amigos dele lá de Ubatuba fizeram uma bandeira da Ponte Preta e a Ponte Preta tinha o Dicá, que era um desses jogadores especialistas em botar a bola onde querem, que nem o Gérson e o Didi, o próprio Rivelino e até mesmo o Pintinho, que o Rivelino de vez em quando era. E o Corinthians ganhou da Ponte Preta, gol do Basílio, e o Rivelino ficou meio chateado, mas depois o Rivelino saiu na carreata e até cantou "Salve o Corinthians".

Todo domingo, o Rivelino jogava profissionalmente pelo Barca, time do futebol dente de leite de Ubatuba. E o uniforme do Barca era camisa alaranjada, calção preto e meias alaranjadas. Que nem o uniforme do Carrossel Holandês, da Laranja Mecânica. E o Rep ganhou, no Natal, em 1976, um conjunto esportivo desses da Adidas. A calça era preta com listras alaranjadas e o casaco era alaranjado com listras pretas. E o Rep, todo domingo, saía de casa umas seis da manhã, de bicicleta, profissional, jogador da Seleção Holandesa de 1974, e via, ali embaixo da ponte que ia para o Perequê-Açu, onde tinha o estádio Cecílio Matarazzo Sobrinho, aquela luta do rochedo contra o mar de que fala aquele samba-enredo, porque ali, embaixo daquela ponte, o mar se encontrava com o rio e com as pedras da costeira, e tinha aquela luta do rio, do rochedo e do mar, ouvia os galos cantando e ainda uns sapos e o barulho do pneu da bicicleta na lama, porque, em 1976, as ruas de Ubatuba eram de terra, e chove pacas em Ubatuba. O Rep era lateral esquerdo do Barca, mas ele queria mesmo era jogar com a 8, igual o Pintinho, Gérson, Didi e o Delei, que viria mais tarde, em 1982/3.

Em 1978, o Rivelino, junto com o pai dele e a mãe dele, do Rivelino, resolveram que no ano seguinte, em 1979, o Rivelino iria morar com o pai no Rio de Janeiro, e a Máquina estava se desfazendo, o Francisco Horta trocou o Dirceu pelo Luís Carlos, do Vasco, o Gil foi para o Botafogo e, numa excursão dos alunos da Escola Estadual de Primeiro e Segundo Grau Coronel Deolindo de Oliveira Santos, ao Rio de Janeiro, o Rivelino se hospedou no Hotel Glória, e a Seleção Brasileira jogaria com a Seleção do Paraguai, acho que isso foi em 1977, na verdade, nas Eliminatórias para a Copa de 1978, e os jogadores da Seleção estavam hospedados no Hotel Glória também e o Rivelino conseguiu autógrafos do Rivelino, do Pintinho, do Zico, do Nílson Dias, do Leão, do Manga, do Amaral, desses caras. E teve uma hora, lá, que alguns alunos da Escola Estadual de Primeiro e Segundo Grau Capitão Deolindo de Oliveira Santos acharam o andar onde os jogadores da Seleção Brasileira estavam hospedados, e o Marco Antônio estava lá. O Rivelino falou com o Marco Antônio sobre a final do Campeonato Carioca de 1971, falou que ele, o Rivelino, quer dizer, o Lula, estava naquela Kombi que levou os campeões cariocas para as Laranjeiras. O Marco Antônio se lembrava do gol, da falta que ele fez no goleiro, deixando o Lula livre para fazer o gol, óbvio, mas não se lembrava do Lula, garotinho vestindo a camisa 11 do Lula que parecia um vestido no Lula, que era só um garotinho, óbvio.

Na Copa do Mundo de 1978, o Rivelino ficou meio frustrado porque os jogadores da Seleção que ele, o Rivelino, mais gostava, acabaram fora do time. O Rivelino, o Zico e o Reinaldo só jogaram umas poucas partidas. E teve um jogo entre a Holanda e a Escócia, e o Cruyff não jogava mais pela Seleção Holandesa, mas o Rep jogava e o jogo foi cheio de gols, e o Rivelino gostava muito também do Tresor, que era um zagueiro da França que jogava com as meias arriadas. O Rivelino fez uma macumba, bateu o pé no chão três vezes e prometeu uma garrafa de pinga e um coco para uma entidade lá, o João Pelado, e por causa dessa macumba o Roberto Dinamite fez o terceiro gol do Brasil contra a Polônia, mas não adiantou nada, já que, logo depois de Brasil e Polônia, a Argentina ganhou de 6 a 0 do Peru, em um jogo meio estranho, parecia que os jogadores do Peru estavam vendidos, e deviam estar mesmo. A Copa era na Argentina. A ditadura militar na Argentina e tal. E na final da Copa do Mundo de 1978, o Rep torceu muito para a Holanda, contra a Argentina, e foi um jogo cheio de gols, decidido só na prorrogação, quando a Argentina ganhou o título e o Rivelino teve a certeza de que o mundo ia acabar, porque uma mãe de santo, na televisão, em Ubatuba, com uma imagem muito pior do que em Belo Horizonte, disse que a Argentina seria campeã do mundo e que o mundo ia acabar. E se a mãe de santo, na televisão, tinha acertado que a Argentina seria campeã do mundo, então, ela, a mãe de santo, com certeza acertaria também na questão do fim do mundo. E como é que o Rivelino iria pedir para o avô dele, do Rivelino, um dinheiro para comprar a garrafa de pinga e o coco? E na disputa pelo terceiro lugar, contra a Itália, o Rivelino jogou um partidaço e o Nelinho, do Cruzeiro, fez um gol fantasmagórico, deu uma porrada na bola que fez uma curva espetacular. Mas jogo de disputa de terceiro lugar não vale nada.

Já no início de 1979, em Ubatuba, ainda nas férias de verão, o Rivelino lá no mar, com a bola de borracha dele, jogando contra as ondas. O Rivelino viu uns caras tocando um sambinha fajuto na areia. Parecia esse sambinha fajuto de torcida de futebol. E o Rivelino, que já era carioca desde 1973, sentiu uma daquelas emoções que ele, o Rivelino, sempre sentia, pensando que ele, o Rivelino, estava de mudança para o Rio de Janeiro e iria deixar de ouvir os jogos do Fluminense pelo rádio do fusquinha branco, placa AO-3077, e começaria a ir sempre no Maracanã, no ônibus 422. No Maracanã, eu ficava ali perto da Young Flu, uma torcida que tocava aquele sambinha fajuto de torcida, no Rio de Janeiro.

Quando o Rivelino foi morar no Rio de Janeiro em 1979, o Rivelino tinha saído do Fluminense para um time desses do Oriente Médio, um time desses de um príncipe, e o Rivelino já era meio grandinho para ser Rivelino ou qualquer outro personagem de fantasia de criança. E ele ficou lá, numa nova fase da vida dele, no Rio de Janeiro, onde ele nem precisava mais ser carioca, onde ele era o Ubatuba, porque ele chegou na escola, no Rio de Janeiro, dizendo que vinha de Ubatuba.

Mas quando jogava uma pelada na escola, o Ubatuba gostava de jogar meio que no meio do campo, procurando fazer passes inteligentes, e até tinha essa coisa de se imaginar um camisa 8, um jogador como o Pintinho, ou o Sócrates, que estava começando a acontecer naquele time com o Zico, o Falcão, o Cerezo. E o Éder, com aquela porrada de pé esquerdo. No Santos, também tinha um desses camisa 8 que era o Pita, que fazia esses lançamentos, no time dos Meninos da Vila, o Nílton Batata pela direita, o Juari de centroavante e o Aílton Lira, que jogava com a camisa 10, mas também era um cara de lançamentos em profundidade, que batia faltas. E, nesses anos, 1979/80/1/2, passaram uns jogadores inteligentes pelo meio-campo do Fluminense, com a camisa 8 ou 10. Teve o Cristóvão, esse que foi técnico do Vasco depois que o Ricardo Gomes teve um AVC, no banco, quando o Vasco jogava com o Flamengo. E teve o Gilberto, que fazia umas jogadas com o Cláudio Adão, em 1980, quando o Fluminense foi campeão, numa final contra o Vasco, com um gol do Edinho, de falta.

No primeiro Natal que o Sócrates passou no Rio de Janeiro, em 1979, o tio do Sócrates deu pra ele, para o Sócrates, a camisa 11 com a qual o Lula fez o gol ilegal (o próprio Marco Antônio confessou, na Kombi) na final do Campeonato Carioca de 1971. E, alguns anos depois, o tio do Sócrates deu para o Sócrates a camisa que o Félix usou na final do Campeonato Carioca de 1973, quando o Félix tinha virado Manfrini. A camisa do Félix, alguns anos depois, foi requisitada pela tia do Pintinho, que amava o Félix, aquela tia que tinha ficado com a miniatura de plástico do Félix em 1970. E a camisa do Lula desapareceu. Onde foi que eu larguei a camisa 11 do Lula, porra?

E teve a Copa do Mundo de 1982, e o Sócrates estava sempre prestando atenção naquela Seleção Brasileira que tinha aquele quadrado do Cerezo, Falcão, Sócrates e Zico. Mais o Eder pela esquerda, e o centroavante deveria ter sido o Careca, para que a Seleção pudesse ser um pentágono, e poderia ser um negócio ainda mais do outro mundo se o centroavante fosse o Reinaldo, o do Atlético Mineiro, se o Reinaldo não estivesse com os dois joelhos estuporados. E o Sócrates formou a primeira banda dele na escola, que era uma banda assim muito louca experimental transgressora de vanguarda e, na noite do dia em que o Brasil perdeu aquele jogo triste para a Itália, teve um eclipse da lua e o Sócrates, com a banda dele, foi para a praia de Ipanema, e aquela sombra do eclipse parecia que estava encobrindo uma bola de futebol. A lua ficando oculta.

Tostão? Jairzinho? Félix? Lula? Marinho? Rep? Rivelino? Em 1983, o Fluminense formou um time que eu tenho que escalar: Paulo Vítor; Aldo, Duílio, Ricardo Gomes (o do AVC, que na época tinha dezessete anos) e Branco; Jandir, Delei (sim, se eu fosse alguém, seria o Delei, os lançamentos em profundidade) e Assis; Romerito, Washington e Tato. O Delei estava apaixonado pela cantora que tinha entrado na banda dele, do Delei, e ela não estava dando bola, não, só queria ser amiga, esse tipo de coisa, e o Delei chamou a moça para assistir ao FlaFlu que ia decidir o Campeonato Carioca de 1983, no Maracanã lotado. E o Galloti, um que toca cavaquinho, foi também, e o Flamengo jogava pelo empate, e o jogo estava empatado até o último minuto, e no último minuto do jogo a torcida do Flamengo gritando que o Fluminense tinha se fodido, o Delei fez um lançamento preciso para o Assis, parecia o Rivelino fazendo um lançamento para o Gil em 1975, pela direita, e o Assis tocou a bola no cantinho do gol, e o goleiro do Flamengo era o Raul, e o Fluminense foi campeão, e o Delei estava fazendo dezoito anos e, pela primeira vez na vida, teve uma namorada que dormia com ele e o futuro ia ser maravilhoso.

O Fluminense foi bicampeão em 1984, com um gol do Assis, de cabeça, contra o Flamengo, e a torcida do Fluminense até hoje canta que recordar é viver, Assis acabou com vocês, esse pessoal do Flamengo.

O tricampeonato, contra o Bangu, em 1985, foi conquistado pelo Delei. Um amigo flamenguista do Delei passou na casa do Delei muito em cima da hora, e, quando o Delei e seu amigo flamenguista chegaram atrasados no Maracanã, o Marinho, ponta-direita do Bangu, já tinha feito o primeiro gol para o Bangu. O amigo flamenguista do Delei foi torcer para o Bangu lá do outro lado. E o Delei teve que ganhar o jogo sozinho, se utilizando do Método Silva de Mind Control, que consiste em você unir os dedos indicadores com os polegares e ficar se concentrando, visualizando uma parada muito louca, aquilo que você quer que aconteça. E o Delei queria que o Fluminense virasse o jogo. E o Romerito empatou o jogo e depois, quando o Delei estava visualizando muito, o Paulinho, que tinha entrado no segundo tempo, fez um gol de falta e o juiz deixou de marcar um pênalti a favor do Bangu no último minuto, graças também ao Método Silva de Mind Control, que o Delei aprendeu com a namorada dele, aquela do FlaFlu de 1982, aquela que cantava.

Depois desse campeonato de 1985, o Fluminense ficou muitos anos sem ganhar nenhum título. Até 1995, quando o Renato Gaúcho fez um gol de barriga na final do Campeonato Carioca de 1995. O gol foi no último minuto. O Fluminense sempre vence o Flamengo no último minuto das finais, quando aqueles caras do Flamengo começam a gritar que o Fluminense se fodeu. Mas é o Flamengo que sempre se fode nas finais contra o Fluminense. E eu vi os gols desse jogo numa aldeia de poucas casas lá no norte da Alemanha, na casa do meu sogro, onde antigamente era a Alemanha Oriental, e a gente tinha viajado de carro, e o pneu do carro furou no meio do caminho, e a gente parou para trocar o pneu num lugar perdido, parecia Marte lá da ex-Alemanha Oriental, e o Delei assistiu ao último jogo da Alemanha Oriental contra o Brasil, no Maracanã, em 1990, e lá na casa do meu sogro, em 1995, era um lugar muito diferente, parecia Marte e tinha uma TV a cabo com um monte de canais, e era tarde da madrugada, a minha mulher conversando aquela conversa de família com o meu sogro, e de repente a imagem perfeita da televisão, nenhum chuvisco, a narração em inglês, ou alemão, e vieram os gols do FlaFlu, parecia que o Flamengo ia ganhar o jogo, e teve o gol do Renato Gaúcho, na televisão, naquela noite que nunca anoitecia mesmo de verdade, lá bem no norte do mundo, de barriga, e um cachorro latia lá fora, no último minuto.

Em 2002, logo depois da Copa do Mundo, eu já não era ninguém e eu tive que passar seis meses num hospital por causa de uma doença grave, uma pancreatite aguda necro-hemorrágica, todo cheio de tubos enfiados no corpo. O Fluminense tinha contratado o Romário, e a gente se acostuma com tudo, mesmo com tubos enfiados no corpo e eu conseguia até ser meio feliz, pesando cinquenta quilos e com medo de morrer, e o Fluminense, de noite, na televisão do quarto do hospital, começou a ganhar os jogos, e era como se nada doesse, como se fosse normal ficar feliz mesmo com um monte de tubos enfiados no corpo. E no dia em que eu tive alta o Fluminense ganhou o primeiro jogo da semifinal do Campeonato Brasileiro de 2002. E eu fui com a minha mulher para um hotel, com medo de tudo no mundo, pesando cinquenta quilos, me arrastando numas caminhadas lentas de manhã, e a vida estava começando de novo, e o Fluminense perdeu o segundo jogo da semifinal, e o Corinthians, depois, perdeu a final para o Santos, que tinha o Diego e o Robinho começando.

E futebol é uma das coisas mais importantes na minha vida desde o Tostão, em 1969, e o Fluminense, nos últimos anos, tem sido um Fluminese que nem aquele da Máquina e aquele que foi tricampeão carioca em 1983/1984/1985 e campeão brasileiro de 1984 — 1 a 0 e 0 a 0 — contra o Vasco, gol de Romerito, e o Fluminense foi campeão carioca em 2005 e 2012, e foi campeão da Copa do Brasil em 2007, e campeão brasileiro em 2010 e 2012, e ainda teve 2009, quando o Fluminense ia cair para a segunda divisão do Campeonato Brasileiro e não caiu, e foi tão sensacional quanto ganhar um título.

E fica faltando um monte dessas histórias do Fluminense, do futebol, como a história da touca do Roger Milla que eu tinha uma igual, umas madrugadas vendo videotapes de qualquer partida, de qualquer time, naquela televisão cheia de chuvisco, umas histórias no fusquinha da mãe do Rivelino, a do cara mal-encarado da Alemanha Oriental que começou a sorrir, me cumprimentando, quando eu disse pra ele que eu era brasileiro e ele me disse que o Brasil tinha um bom futebol, e as histórias nos estádios detonados dos times pequenos do Campeonato Carioca, que o tio do Lula me levava pra ver, quando o tio do Lula se separou da mulher dele e foi morar uns tempos no apartamento do pai do Lula, onde o Lula morava, o Lula que era Sócrates em 1979. Um dia, lá em Niterói, no estádio Caio Martins, o Rubens Galaxe, que desde 1971 era um coringa no Fluminense, ficou conversando com tio do Delei e ofereceu uma laranja para o Pintinho. É história demais e eu não sei se foi exatamente assim que aconteceu.

A história da Alemanha

Eu sou George Harrison e, tirando os soldados nazistas que enfrentavam meus soldados americanos de plástico, quando eu era criança e assistia a um monte de filmes sobre a Segunda Guerra na televisão, a história da Alemanha começou justamente em Hamburgo, nas fotos de um álbum que eu tinha com a história dos Beatles. Eu via as fotos do álbum e eu era o George e a minha irmã era o Paul, e eu tocava balalaica — uma que meu avô tinha trazido da Rússia — e minha irmã tocava um pianinho de plástico, e a gente sempre representava a história dos Beatles, seguindo as fotos do álbum. Uma das primeiras cenas dessa história, baseada em uma foto feita em Hamburgo, tinha o John Lennon com a maior cara de bêbado, o George bem garoto encolhido com a guitarra e um meio sorriso tímido no rosto e o Paul ao microfone de olhos arregalados. Eu sabia que era Hamburgo porque havia uma legenda embaixo da foto. Mas eu nem sabia que Hamburgo ficava na Alemanha. Nessa mesma fase dessa mesma história, na minha infância de George, eu tinha uma coleção de escudos de pano, com brasões de várias cidades da Europa. Havia apenas um brasão repetido na minha coleção: o brasão de Berlim com a estampa de um urso usando uma coroa. Na verdade, os escudos não eram exatamente iguais, pois um tinha a borda azul e o outro tinha a borda vermelha. Só muitos anos depois é que eu fiquei sabendo da existência de duas Berlins, de duas Alemanhas.

Por muitos anos, a Alemanha nada significou na minha vida, a não ser por um ou outro documentário sobre o Holocausto, aqueles filmes americanos de guerra, o salsichão que era vendido em um parque de diversões perto da casa do meu avô, em Belo Horizonte, e uns nomes que eu ouvia vez ou outra, do tipo Hans e Fritz. Ah, sim, era muito comum também que, no Brasil, homens louros fossem apelidados de Alemão. Tinha aquele jogador de futebol que jogou no Botafogo e depois no Napoli, com o Careca e o Maradona, que era chamado de Alemão. E tinha outra coisa também: alemão e russo era tudo quase a mesma coisa. Ambos eram louros, ambos tinham uma língua esquisita e ambos eram inimigos dos Estados Unidos, aquele país que era a coisa mais especial e bacana que existia sobre a face da Terra. E uma criança, o George, que assistia muita televisão, ainda não tinha uma noção clara de história ou geopolítica e não sabia distinguir muito bem uma Segunda Guerra Mundial de uma Guerra Fria. A figura de Hitler era bem manjada, mas com nove, dez anos de idade eu nunca tinha ouvido falar em Lênin ou Stálin. Havia apenas o Brejnev, que aparecia na televisão e o George não sabia se ele, o Brejnev, era russo ou alemão. Outra coisa que o George achava muito estranha acerca de russos e alemães era uma foto que havia numa revista *Life*, na casa do meu avô, em Belo Horizonte, na qual o Brejnev beijava outro velho na boca. Que nojo aquele Georgezinho sentia vendo aquela foto!

Depois, já no início da pré-adolescência, na época da discoteque, o George dava umas festinhas em casa, lá em Ubatuba, no litoral do estado de São Paulo, uns bailinhos, e havia um disco diferente que um amigo meu sempre me emprestava para os bailinhos, um disco que tinha uns caras muito estranhos na capa, com uns ternos estranhos e os cabelos cheios de gomalina, e com uma música diferente que parecia feita por robôs. George e seus amigos caiçaras de Ubatuba cantavam o refrão da música sem saber se aquilo era alemão ou russo. Eles cantavam assim: Vick Vaporub, pom, pom pom pom...

Puxa vida! Era o Kraftwerk!

E, sim, caro amigo utópico de Frankfurt, quando eu comecei a fumar maconha, já quase adulto, e o George morava no Rio de Janeiro, mas passava as férias em Ubatuba, onde minha mãe vive até hoje, eu fui uma noite ao cinema pulguento da cidade ver *Cristiane F.*, e a Alemanha começou a existir mais concretamente. Aquela cidade do filme, com aqueles cenários muito loucos, aquelas estações de trem, aquelas meninas muito loucas, de uma beleza diferente que o George nunca tinha visto antes, aqueles cabelos pintados de alaranjado.

O pai do George, que era separado da minha mãe e morava no Rio de Janeiro, quando o George e o Paul, a minha irmã, viviam em Ubatuba, sempre pegava a estrada, a Rio-Santos, para nos visitar, e uma vez, na volta para o Rio, ele, o pai de George Harrison e Paul McCartney, deu carona para um louro cabeludo meio hippie até o Rio de Janeiro. O cara era meio que meu xará e se chamava Andreas, e era alemão. O Andreas acabou passando um tempo hospedado no apartamento do meu pai no Rio. Um ou dois anos depois dessa carona, me mudei para o Rio, sem Paul, que continuou morando com a minha mãe em Ubatuba. Meu pai sempre me falava do Andreas, de como ele, o Andreas, era um cara legal, de como essas pessoas viajantes eram legais e simpáticas e cheias de histórias interessantes para contar. Um perfil bem diferente do que o desses alemães dos filmes americanos de guerra, que falavam com aquela voz meio dura — Achtung!!! Sieg heil!!!

Eu só conheci o Andreas pessoalmente alguns anos mais tarde, quando ele voltou ao Brasil e se hospedou de novo no apartamento do meu pai, que também, àquela altura, era meu lar, e eu tinha uma amiga muito querida, neta de alemães, que, pô, sacanagem, eu não vejo há mais de vinte anos e a quem vi pela última vez em Berlim. Mas eu ainda chego lá, em Berlim, quando o Muro tiver acabado de cair, faz mais de 20 anos.

Pois bem... A história da Alemanha mesmo começa por volta de 1983 — a Andrea, o Andreas e o André, no quarto do George, na rua das Laranjeiras, no Rio de Janeiro, fumando uns baseados. A Andrea treinando o alemão dela com o Andreas e o André ouvindo aquelas histórias interessantes de gente viajante meio hippie que o Andreas contava.

O George Harrison nunca pensou em ser escritor, pois o pai dele, do André, é um escritor e sempre pareceu sofrer bastante com a atividade. O negócio do George Harrison era a música. O André Ubatuba tocava contrabaixo e tinha uma banda muito louca experimental transgressora de vanguarda, lá no Rio, que sofria forte influência da música do Arrigo Barnabé e da Vanguarda Paulista. Quando a história da Alemanha começou, eu ia muito a São Paulo ver esses shows da Vanguarda Paulista e eu comecei a estudar composição numa faculdade de música e a pesquisar a tal dodecafonia que rolava na música do Arrigo, e eu descobri a música de Schöenberg, e um dia, em um festival de música contemporânea, na Sala Cecília Meireles, no Rio de Janeiro, eu fiquei muito emocionado em um concerto da música de Webern, entendendo que a música sem tonalidade, essa parada que os alemães inventavam, podia ser bastante lírica também. Nesse mesmo festival muito louco experimental transgressor de vanguarda, também vi o concerto de John Cage, no qual ele simplesmente leu alguns trechos do *Finnegans Wake*, do James Joyce, e eu percebi que as palavras também poderiam formar música, que a palavra falada também é música, uma coisa bem alemã esse tipo de conceito, embora nem o John Cage nem o James Joyce nem os Beatles de Hamburgo fossem alemães.

Mas voltando a São Paulo nos anos 80, na época do Beleléu e da banda Isca de Polícia, eu tinha um amigo muito louco que era skatista, inclusive muito bom skatista, que ganhava vários campeonatos, e tudo isso, e esse meu amigo, o Temístocles Sigiaki Jumonji, era meio japonês e tinha o cabelo pintado de verde, e os amigos skatistas dele eram todos punks, e esse meu amigo muito louco skatista um dia apareceu com umas fitas cassete contendo umas músicas muito loucas transgressoras — Devo, Iggy Pop, Blondie, The Clash etc. —, e no meio desses caras havia uma moça louca de pedra, com uma música diferentaça, que me deixou malucaço. O nome da doida era Nina Hagen. Viva as maluca!

Aí eu saí procurando desesperado algum disco da Nina Hagen, em algum lugar, em todas as lojas de discos importados do Rio, e acabei encontrando um negócio dela que se chamava *Num Sex Monk Rock* e depois o George até viu um show ao vivo da Nina Hagen no primeiro Rock in Rio que houve.

Claro que o pretendente a compositor muito louco experimental transgressor de vanguarda influenciado pelo Arrigo Barnabé, pelo Webern, pela Nina Hagen, essas parada, já sabia que havia uma Alemanha Ocidental e uma Alemanha Oriental, até porque o George sempre gostou muito de futebol e futebol é ótimo para se aprender sobre geografia e essas parada. A Copa do Mundo de 1974 aconteceu na Alemanha Ocidental e nessa Copa o Brasil jogou contra a Alemanha Oriental numa partida em que o Rivelino fez um gol de falta, na qual o falecido Dirceuzinho ficou no meio da barreira e se abaixou na hora em que o

Rivelino deu aquela porrada na bola. Acho até que foi na Copa do Mundo da Alemanha Ocidental que o Georgezinho fanático por futebol entendeu aqueles dois brasões de Berlim iguais e diferentes — o de borda azul representava Berlim Ocidental e o de borda vermelha representava Berlim Oriental, já que vermelho é cor de comunista e a Alemanha Oriental era comunista.

Mas antes que eu me perca nestes devaneios autobiográficos, o George Harrison de Ubatuba, ou de Belo Horizonte, ou do Rio de Janeiro, por causa da história do cabelo alaranjado da Cristiane F., e da dodecafonia, e da Nina Hagen, que havia fugido da Alemanha Oriental para o Ocidente, já estava bastante fascinado pelo Muro de Berlim, aqueles grafites no muro, que ainda era uma coisa nova para mim e para o meu amigo Temístocles Sigiaki Jumonji, que foi uma das primeiras pessoas a saírem pela noite de São Paulo com uma lata de tinta spray, pichando P. V. nas paredes, iniciais que significavam Pregadores da Verdade. Coisa de punk skatista meio japonês de cabelo verde, e eu um dia fui ver um show de um grupo alemão, e vi o show desse grupo uma vez e voltei no dia seguinte, e voltei no dia seguinte, e voltei no dia seguinte, e esse grupo se chamava Cassiber, e o único do grupo que não era alemão era o baterista, que era irlandês quem nem o James Joyce do John Cage, e esse baterista tocava bateria de um jeito muito louco experimental transgressor de vanguarda e cantava e berrava uns textos, e tinha um texto em que ele perguntava por que a alma dele era vermelha e outro texto que falava sobre Our Colorful Culture e uns trechos do Fausto do Goethe, aquele cara que praticamente inventou a alma alemã e que dizia que, dentro de cada um de nós, havia duas almas em conflito, e depois o George Harrison, o André George, o Ubatuba Harrison, o André Ubatuba ouviu em algum lugar da Alemanha, de algum alemão, que, se fossem apenas duas almas, seria até fácil. Mas são milhares de Georges dentro de mim, pô! Mas, bem, antes que eu me perca de novo, deixa pra lá, já estou perdido nas minhas almas desde que me tornei George Harrison ainda criancinha, um dos caras do Cassiber era o Goebbels, que até aquele show do Cassiber no Rio de Janeiro era só aquele marqueteiro do Hitler, e esse Goebbels do Cassiber, o Heiner Goebbels, tinha uma banda na Alemanha, aqui em Frankfurt, que se chamava Orquestra Radical Esquerdista de Sopros, e esse nome é tão sensacional e o som do Cassiber era tão sensacional, misturando rock com música atonal com textos do Goethe com percussão pesada com barulho de furadeiras com umas chapas de ferro enormes percutidas com uma marreta por um daqueles caras do Cassiber, e eu fiquei tão apaixonado por aquilo tudo, pelo Muro de Berlim, pelo Goethe, pelas meninas de cabelo alaranjado, por tudo isso ao mesmo tempo, por esse nome Orquestra Radical Esquerdista de Sopros, que de alguma forma eu teria que, um dia, ir para aquele país muito louco experimental transgressor de vanguarda.

Acabei indo.

George conheceu Pati numa agência de publicidade no Rio de Janeiro. George era redator e Pati era diretora de arte. A Pati tinha um balanço diferente, que nem aquela menina do Arrigo. E a Pati era uma viajante loura meio hippie, que nem o Andreas. Antes de estar ali, no Rio de Janeiro, naquela agência, naquele prédio de vidro fumê, cheio daquela gente meio yuppie com aquelas roupas pretas abotoadas até o pescoço, falando em vinhozinho não sei das quantas, carrinhos importados cuja compra o Collor liberaria quando fosse eleito, feriazinhas no Caribe num hotelzinho the best, ela, a Pati, a mulher do George Harrison, já havia morado numa ilha do Caribe, com uns rastafáris, havia morado na Cidade do México e em muitos outros lugares da Europa, e os yuppies muito importantes daquele prédio de vidro fumê achavam essa coisa de hippie muito fora de moda e ficavam fazendo piada das roupas que a Pati usava, ficavam dizendo grosserias em português para a minha mulher, embora a gente, a Pati e eu, também tivesse encontrado pessoas muito queridas naquela agência, pessoas que os altos criativos daquele universo esnobe e ignorante consideravam ralé: "Pô, Andrezinho, você precisa andar mais com a gente, ir lá no Zanty's, tomar um whisk com a galera. Esse pessoal aí não vai a lugar nenhum bebendo pinga com cerveja na padaria. Essa alemã aí nem deve tomar banho. Alemão não toma banho. Tieta do Alaska. Rá rá rá rá rá rá rá rá rá rá rá rá rá rá rá rá rá rá rá rá rá rá rá rá rá rá rá. Vocês estão namorando? Rá rá rá rá rá rá rá rá rá rá rá rá rá rá rá rá rá rá rá rá rá rá".

Incomodava, mas eu já estava indo, embarcando naquelas imagens da televisão em preto e branco no quarto que eu tinha no apartamento do pai do André Ubatuba. A Pati e eu vendo o Gorbachev falando de Glasnost e Perestroika, a Hungria abrindo a fronteira com a Áustria para os alemães da DDR, o Muro sendo derrubado, aquele debate entre Collor e Lula, o plano econômico alucinado da Zélia Cardoso, o dono daquela agência de vidro fumê sendo sequestrado logo depois daquele plano da Zélia, o sequestrador do nosso ex-patrão sendo fuzilado no Largo da Carioca, aquela gente meio nojenta das feriazinhas no Caribe e dos carrinhos importados sendo colocada no olho da rua bem feito.

A minha mulher do George foi na frente, levando algumas fitas demo do Tao e Qual, aquele grupo muito louco experimental transgressor de vanguarda que eu tinha no Rio de Janeiro. Uma dessas fitas cassete foi enviada para o Heiner Goebbels, da Orquestra Radical Esquerdista de Sopros, do Cassiber. E não é que o Heiner Goebbels recebeu a fita e telefonou para a casa da minha sogra, em Kandern, no sul da Alemanha, ali na fronteira suíça da Basileia?!?!?

Hoje, agora, aqui em Frankfurt, cidade da Orquestra Radical Esquerdista de Sopros, todo comovido com todas essas lembranças, me sinto meio idiota por não ter respondido ao telefonema do Heiner Goebbels. O cara tinha deixado endereço, telefone para contato e tudo. Era só eu ter ligado de volta, para conhecer um sujeito que era meu ídolo. Será que o Heiner Goebbels gostou do Tao e Qual? Será que nós até poderíamos ter feito alguma coisa juntos? Mas aquele jovem George que desembarcou no aeroporto de Zurique no dia 7 de setembro de 1990, para sua primeira viagem meio hippie, me sentindo um verdadeiro Andreas, era encabulado demais para travar contato com um ídolo.

George e Pati ainda passaram um mês entre Basel e Kandern antes de entrarem de uma vez por todas na história da Alemanha. Tá certo: Kandern fica na Alemanha, só que é uma aldeia minúscula de fronteira e tem muito mais a ver com a Suíça do que com a Alemanha em si. E, também, a data em que fomos para Berlim é bem histórica e cai muito bem nesta história da Alemanha. O meu primeiro passaporte de viajante hippie tem o seguinte carimbo de entrada na Alemanha: 3 de outubro de 1990. Exatamente o dia da Reunificação.

Era quase inverno, o dia estava cinza e chuvoso, muito frio. Eu vestia um sobretudo preto do Vô Sant'Anna, que devia ser muito elegante nos anos 50, e uma dessas toucas africanas coloridas. A estação de trem Zoo Garten, em Berlim, era puro *Cristiane F.* e eu tinha visto na televisão que a extrema direita e a extrema esquerda se encontrariam na cidade para uma guerra durante a festa de comemoração da Alemanha Reunificada, aquela com a Frau Repolho sorrindo artificialmente ao lado de Herr Repolho, pseudo reunificador da Germânia, e, de cara, um bêbado xenófobo começou a gritar comigo, me chamando de turco porco. Até hoje não sei falar grandes coisas de alemão, mas naquela época alemão e marciano era tudo a mesma coisa. Acho até que marciano era mais fácil, pois o George ouvia muito Jimi Hendrix e Miles Davis. A Pati, também meio deslocada e insegura, depois de tantos anos nos Trópicos, traduziu o que o bêbado havia berrado e eu passei algum tempo bem cabreiro em Berlim, com medo dos neo nazi. Eram umas cinco da manhã.

George e Pati passaram o dia 4 de outubro de 1990 bebendo e discutindo política por toda parte, em dezenas de bares da antiga futura atual capital alemã. Até chegarem Gabi und Heinz.

Amo muito Gabi und Heinz. E Gabi und Heinz se amam tanto que é praticamente impossível escrever o nome Gabi sem escrever o nome Heinz logo depois, ou escrever o nome Heinz sem escrever o nome Gabi logo antes. Além de artistas, eles trabalham com cenografia de teatro e cinema, decoração de interiores, montagem de exposições de arte/política/história e outras jogadas espetaculares. Gabi foi colega da Pati na Kunstgewerbeschule, uma espécie de Bauhaus da Basileia, fundada pelos malucos alemães na Suíça, quando fugiram de Hitler, que os considerava degenerados. Como esse Adolf era burro!!!!

Gabi und Heinz foram buscar Pati und George em um bar na Savigny Platz já na noite daquele dia cinzento, e quando Pati und George entraram no carro de Gabi und Heinz e o carro saiu pela noite de Berlim, as luzes da cidade, essas parada, indo para a estação de trem central daquela época — a Zoo Garten — e passou pela Ku'damm e pela ruína da Gedächtniskirche e eu olhei em volta e nós pegamos nossa bagagem nos armários da estação de trem da Cristiane F. e fomos para o apartamento de Gabi und Heinz, que eram três apartamentos — moradia, ateliê e mostruário —, e a Gabi fez espaguete e nós bebemos muito vinho e eu curei o soluço do Heinz com uma mandinga dessas estranhas que a gente tem muito no Brasil, e o George e a Pati foram dormir no apartamento mostruário no primeiro andar, e o apartamento era uma coisa incrível muito louca experimental de vanguarda, com vários tipos de luminárias e texturas de parede e chão imitando mármore, ouro, granito, terra etc., e tinha uma banheira no banheiro e o teto do banheiro tinha umas luzinhas de árvore de Natal no teto com uns fios que se entrelaçavam no teto, e o George ficou lá, deitado na banheira de água quente olhando para as luzinhas no teto, e tinha um móvel que era uma mistura de banco e baú em forma de jacaré que me fazia lembrar de Clara Crocodilo, e um monte de negócios sensacionais que Gabi und Heinz inventavam, e eu fiquei muito emocionado, muito grato por estar ali, naquele momento, naquela noite, na minha Alemanha, naquela cidade que começava a ser a minha Berlim, numa época em que só eu estava conhecendo Berlim entre todos os meus amigos de vanguarda do Brasil, naquela época em que a Europa era basicamente Paris, Londres e Roma, e Barcelona, que naquela época estava entrando na moda, como Berlim está meio que na moda hoje, vinte e tantos anos depois do dia em que Gabi und Heinz foram nos buscar naquele bar de uma rua chamada Kant.

Em 1990, na Berlim Oriental, não havia essa coisa especial colorida e moderna no bairro de Prenzlauerberg, nem essa coisa chique na Friedrichstrasse, nem esses turistas na Orianienburgerstrasse, e a Alexanderplatz era puro realismo socialista. Ainda dava para sentir esse clima da DDR, as ruas desertas. E o George de Ubatuba, totalmente deslumbrado, ficava atravessando o Brandenburger Tor de um lado para o outro, da Berlim Oriental para a Berlim Ocidental, da Berlim Ocidental para a Berlim Oriental e, se não fosse um viajante meio hippie, meio sem dinheiro, teria comprado todas aquelas relíquias que eram vendidas no Portal, aqueles casacos militares russos, aquelas medalhas com a cara do Lênin e do Stálin, aqueles pedaços quase todos falsos do Muro de Berlim. O George fez questão de ser fotografado ao lado de qualquer estátua do Marx, do Engels ou do Lênin que encontrava pelas ruas. E eu fiz muita questão de tirar uma foto de uma parte que sobrou do Muro de Berlim, a East Side Gallery, onde havia uma pintura reproduzindo aquela foto do Brejnev beijando aquele outro velho na boca. E o velho era o Honecker, último comandante mané da DDR. Também havia aqueles palácios, aquelas igrejas fechadas, a Ilha dos Museus, tudo isso cheio de buracos de bala nas paredes. O George também ficou apaixonado pelas meninas do Leste, que eram meio hippies naquela época, enquanto as do Oeste eram meio punks. O George ficava filando o som que sobrava dos headphones das meninas, que usavam uns colares daqueles com aquele símbolo de paz e amor. Os headphones das meninas do Leste exalavam rock'n'roll — Pink Floyd, Rolling Stones, Jimi Hendrix — e não só as meninas, mas em geral as pessoas do Leste, eram mais simpáticas, mais sorridentes, do que as do Oeste, e até hoje eu penso que algo se perdeu com o fim do comunismo no Leste Europeu. Claro que aquela sociedade fechada, onde vizinho espionava vizinho, irmão espionava irmão, estava longe de atender aos anseios humanistas — sim, humanistas — de Karl Marx, porém, de certa forma, a vida fora da sociedade de consumo, sem a competição de mercado, tornava aquelas pessoas um pouco mais singelas, mais humanas. Um amigo de um amigo da Alemanha Oriental, que havia conseguido fugir da Cortina e acabou parando em Arembepe, na Bahia, com o cabelo pintado de alaranjado, disse uma vez que, como a relação entre pais e filhos nos países comunistas não passava pelo dinheiro, pois era o Estado quem patrocinava a educação, a saúde etc., as famílias tinham uma forma de convivência mais afetuosa, mais amorosa. É verdade. Meu sogro, o pai da Pati, é casado com uma *ossi*, uma alemã do Leste. Já participei de algumas festas da família, que são aquela coisa típica do alemão de piada, aqueles cantos com o copo de cerveja na mão, como se eles vivessem no passado — Lô lô lô lô lô! Hey! —, só que eles são muito afetivos, sorridentes, se abraçam, se beijam, enquanto os *wessi*, os ocidentais, são mais contidos e tal. Se bem que nos últimos anos tenho reparado que as coisas estão mudando bastante por aqui, que as pessoas andam mais simpáticas, mais receptivas, mais felizes. Mas calma. Isso será o final da história da Alemanha, onde chegarei mais para a frente, daqui a mais umas milhares de palavras.

Porque eu tenho também que escrever sobre os lugares onde Gabi und Heinz nos levaram, por exemplo Leipzig, onde fomos fotografar a escadaria da estação de trem da cidade, que Gabi und Heinz teriam de reproduzir para um filme americano de guerra, para o qual o André Porco da Turquia queria se candidatar como figurante, para ganhar uns trocados fazendo papel de soldado ss. Mas não. O Porco da Turquia não tinha mesmo o *physique du role* para um soldado ss. Nesse dia em que Gabi und Heinz, Pati und Schöenberg visitaram a cidade onde o nosso Goethe escreveu o *Fausto*, a principal igreja da cidade estava sendo reaberta depois de muito tempo fechada pelos comunistas. E nessa igreja havia um cara afinando o imenso órgão. Esse cara, de repente, passou a dedilhar algumas séries dodecafônicas no teclado secular, lindo, pô, valeu a pena ter aprendido um pouco sobre dodecafonia com o João Carlos Assis Brasil naquela faculdade de música no Rio de Janeiro, e, puxa vida!, no outro *Fausto* alemão, o *Doktor Faustus*, do Thomas Mann, o personagem principal, Adrian Leverkün, faz o pacto com o Capeta justamente para inventar um sistema musical revolucionário, diferente do sistema tonal que aquele outro alemão, o Bach, havia inventado em um passado mais remoto. No *Doktor Faustus* do Thomas Mann, Adrian Leverkün inventa justamente a dodecafonia. E, sim, George sentiu que Mefisto estava ali, em Leipzig, no primeiro ano da Alemanha Reunificada.

Gabi und Heinz também levaram Pati und Ubatuba para

uma outra Frankfurt, uma Frankfurt do Leste, Frankfurt an der Oder, na fronteira com a Polônia. Aquilo, sim, naquela época, era Marte. Pela estrada afora, Gabi und Heinz und Pati und George foram acompanhando os tanques, os caminhões e os soldados soviéticos se retirando da antiga DDR ocupada por eles, os russos comunistas. Uma coisa engraçada lá em Frankfurt an der Oder, que fica na fronteira de uma cidade polonesa ainda mais marciana: o Porco da Turquia George Harrison, brasileiro, podia entrar sem visto na Polônia, mas os alemães Pati und Gabi und Heinz foram barrados como se fossem uns cucarachas mexicanos tentando entrar nos Estados Unidos, aquele país de gente superior da América.

E mais engraçado ainda foi alguns meses depois, quando a Alemanha abriu suas fronteiras com a Polônia, quando Pati und George já moravam em Berlim, na Savigny Platz, quase na esquina da rua Kant — a rua dos eletroeletrônicos —, e aconteceu a chamada invasão polonesa. Aqueles poloneses meio desajeitados, andando apressados de um lado para o outro que nem formigas, carregando pilhas e mais pilhas de televisores e videocassetes.

E teve também a exposição no Gropius Bau, em que Gabi und Heinz montaram a instalação da artista Frau Frisch, que consistia em uma sala toda pintada de vermelho. Pati und Ich fomos os ajudantes, e ficamos empurrando uns praticáveis para que Gabi und Heinz pudessem pintar as paredes, e depois do trabalho a gente foi comer umas pizzas que uns libaneses faziam embaixo de uma ponte de Charllotenburg, e o George também foi baby-sitter da Franciska, uma gata meio rebelde que nunca tinha saído do apartamento e costumava atacar as pernas das mulheres e um dia atacou a perna da Pati, e o George tinha saído para lavar roupa numa dessas lavanderias automáticas e na volta encontrou a Pati chorando na escada com a perna toda ensanguentada depois de um ataque da Franciska, e a Pati e o André ficaram amigos de Uli und Tomi und Jorginho, donos da Franciska, e acabaram indo morar no apartamento deles, em Kreutzberg, um bairro hoje muito chique, mas que na época era o bairro onde os turcos se encontravam com os punks, e nesse apartamento também morava um palestino misterioso que nunca entrava em casa quando só havia mulheres ali, sem os maridos, e que achava o Arafat meio bundão. E, além de trabalhos de hippie viajante como empurrar praticáveis e dar comida a gatas neuróticas, o George fez um trabalho muito chique para o René Schilittler, artista da Basileia muito louco, simbolista, que fazia umas performances sensacionais na Suíça como uma bugiganga enorme, onde ele jogava garrafas de vidro, fazendo um barulhaço imenso, e na Suíça todo mundo se incomoda com o barulho dos outros, e o trabalho do George era adaptar a Die Forelle, de Schübert, para uma performance do René, que era marido da mãe da Pati, e o nome dessa composição muito louca experimental transgressora de vanguarda ficou sendo "As 12 Trutas da Basileia". O George foi deformando o "Quinteto de Trutas do Schübert" até que se transformasse num troço barulhento, com o ritmo do Tambor de Crioula, um ritmo do Maranhão. E moramos também um tempo no apartamento de Marianne und Hans, em Kreutzberg também, onde o André viu a Andrea, aquela do Rio de Janeiro, dos baseados com o Andreas, pela última vez, que grande pena! E tinha também um outro Andreas, amigo do Tomi, o Andreas percussionista, que sabia tocar qualquer um desses ritmos brasileiros e batia um maracatu pra lá de bacana, e tinha um grupo de jazz muito louco experimental transgressor de vanguarda que se chamava Elefantes e o baixista era o Jorge Degas, um brasileiro casado com uma sueca que dizia que a Alemanha era muito melhor do que o Brasil, e hoje eu também acho. Com o dinheiro que ganhei com "As 12 Trutas da Basileia" mais a venda do meu Fender Jazz Bass — ai que saudade! — eu comprei um contrabaixo Spector com captador ativo — uma tecnologia bem moderna para aquela época — e voltei para o Brasil com o peito sangrando.

E o Brasil seria lindo, o Brasil afro-índio-europeu do Mautner, o Brasil Frátria que o Caetano sugeriu, o Brasil onde haveria a Revolução Eztétyka do Glauber Rocha, mas o Glauber Rocha já havia morrido fazia dez anos e, mesmo com a redemocratização e o impeachment do Collor, o Brasil era, e é até hoje, um lugar onde as pessoas só falam em dinheiro, só pensam em dinheiro e acham que o primeiro mundo é um lugar onde tudo é proibido. E o Brasil é a sexta economia do mundo e é cheio de criança pedindo dinheiro nas ruas, e fica essa impressão de que o Brasil é grandes-merda só porque não deve mais dinheiro ao FMI e todo mundo tem carro e sai por aí, por lá, atropelando as pessoas, provocando uns acidentes cheios de sangue, construindo uns hotéis/resorts cafonas, emporcalhando tudo onde antes havia aqueles litorais do Dorival Caymmi e do Ari Barroso. Mas isso também fica para depois, para uma história do Brasil. Aqueles brasileiros se achando e ainda achando que os alemães são um povo frio, sem jogo de cintura, falando com aquela voz meio dura — Achtung!!! Sieg heil!!!

Mas, viu meu amigo aqui de Frankfurt?, a cada dia que passa, acho que a Alemanha se parece cada vez mais com o Brasil que o Glauber Rocha queria, que além dos afro-índio-europeus do Mautner, tem também os árabes de toda parte, os indianos, os vietnamitas, os tailandeses, os coreanos, as japonesas louras do Premê e até os brasileiros, que, na minha época de Berlim, nem eram chamados de brasileiros. Tanto um brasileiro quanto um argentino, ou um chileno, era chamado simplesmente de Südamerikaner.

E nos últimos vinte e três anos estou sempre voltando aqui

para este seu planeta e gostando cada vez mais dele e ficando com cada vez mais vontade de viver aqui. Escrevi até um romance que é a história de um jogador de futebol ubatubano que vai jogar no Hertha Berlim, um livro que é meio complicado, meio que muito louco experimental transgressor de vanguarda, cuja tradução é meio difícil, embora o Michael, um cara bem especial aqui de Frankfurt, já tenha começado a esboçar essa odisseia. Mas o que eu estava querendo dizer é que estou de saco cheio de ser roubado no Brasil, de ser atropelado, de ouvir uns caras à tarde na televisão pedindo que no Brasil tenha pena de morte, essas baboseiras, de ir à praia com a minha mulher alemã, gringa, e ficar fugindo de um monte de gente querendo vender coisas idiotas, querendo tirar algum proveito, e esses caras, coitados, nem vou começar a reclamar agora da falta de educação no Brasil, não têm noção de coisa alguma, não têm a menor ideia do que seja a Alemanha, não sabem que uma pessoa só por ser loura e ter a pele meio rosadinha não é uma otária, um alvo para todo tipo de trambique. Outro dia, meu amigo de Frankfurt, pegamos o cara que foi à minha casa consertar a máquina de lavar roupas cortando um fio de propósito, para que a máquina quebrasse alguns dias depois e para que nós fôssemos obrigados a dar mais dinheiro a ele por um novo serviço. No Rio de Janeiro, o pai do George mora perto do aeroporto e da rodoviária, e quando Pati und Ich chegamos na cidade nenhum motorista de táxi quer nos levar, pois a viagem é muito curta e não rende dinheiro o bastante para eles. Esses brasileiros do aeroporto e da rodoviária querem que a gente se foda.

Estou há dois dias em Frankfurt, preparando esta história da Alemanha para contar a você. Quando chegamos ao aeroporto daqui, todas as pessoas a quem pedimos informações foram muito gentis, perdendo algum tempo nos explicando as coisas, abrindo mapas etc. E estou falando de pessoas comuns e não do serviço de informações. Sei que em momento algum o motorista de táxi que nos trouxe ao hotel pensou em nos roubar. No hotel, fomos recebidos com toda a cortesia, embora o George saiba que pessoal de hotel é treinado para ser cortês. Mas o sorriso da menina da recepção era mesmo muito bonitinho. E não apareceu nenhum desses caras ansiosos para carregar nossa bagagem e ganhar gorjeta. No ônibus, ontem à noite, o motorista explicou direitinho a nós, quatro gringos e uma alemã dos Trópicos, como chegar aonde queríamos e ainda nos deu dicas de como economizar dinheiro com transporte. E você não imagina como os motoristas de ônibus nos tratam e nos matam no Brasil. Não, ninguém aqui diz Achtung!!! para o George. É possível que você ache que estou exagerando, pois costumamos ser mais críticos com o país da gente do que com o país que visitamos. Vou dizer uma coisa pra você, uma coisa que, no país da Copa do Mundo, dos Jogos Olímpicos e das instituições de espancar crianças seria considerado uma blasfêmia absoluta: a Alemanha é muito melhor do que o Brasil. Pode crer.

ESTA OBRA FOI COMPOSTA EM ELECTRA PELO ESTÚDIO O.L.M. / FLAVIO PERALTA
E IMPRESSA EM OFSETE PELA GEOGRÁFICA SOBRE PAPEL PÓLEN SOFT DA SUZANO
PAPEL E CELULOSE PARA A EDITORA SCHWARCZ EM MARÇO DE 2014